이달의 장르소설

이달의
장르소설
1

이필원

정진영

범유진

표국청

설혜원

박상호

고즈넉
이엔티!

이달의 장르소설1

1쇄 발행 2022년 6월 30일

지은이 박상호, 범유진, 설혜원, 이필원, 정진영, 표국청
펴낸이 배선아
편 집 박미애
펴낸곳 (주)고즈넉이엔티

출판등록 2017년 3월 13일 제2021-000008호
주소 서울특별시 중구 청계천로 40, 1203호
대표전화 02-6269-8166 **팩스** 02-6166-9199
이메일 gozknockent@gozknock.com
홈페이지 www.gozknock.com
블로그 blog.naver.com/gozknock
페이스북 www.facebook.com/gozknock
인스타그램 www.instagram.com/gozknock

표지이미지 Designed by Freepik

차례

가족복원소

이필원

고양이 집사. 지은 책으로는 『내가 좋아하는 사람이 나를 좋아하는』, 『푸른 머리카락』(공저), 『라오상하이의 식인자들』(공저) 등이 있다.

엄마의 일터는 집에서 그리 멀지 않았다. 고양이가 느긋하게 꼬리를 흔드는 속도로 걷다 보면 한 십 분 정도 걸렸는데 단독주택과 빌라가 밀집해 있는 곳이라 그런지 대체로 한적한 분위기였다. 그 앞에는 폭넓은 하천이 흐르고 있어 날씨가 좋을 때면 산책하거나 자전거를 타는 주민들이 많았다.

슈퍼와 공인중개사사무소, 미용실, 세탁소가 차례대로 들어와 있는 허름한 상가의 일 층에는 엄마가 운영하는 가죽복원소가 입점해 있고, 이곳에서 나는 가끔 엄마를 거들어 손때 묻은 동전 지갑이라든가 필통을 수선하며 나이를 먹었다. 학교에서 쌓은 지식 위로 틈틈이 가죽복원기술을 배우며 지내왔다. 어깨너머로 익힌 기술은 고등학교에 입학할 때쯤 되니 제법 그럴싸한 수준이 되었고 그 덕분에 손마디가 쑤신다는 엄마를 도와 조금씩 가게 일을 거들 수 있게 된 것이다.

살다 보니 자연스럽게 가업을 잇는 삶의 모양새를 갖추게 된 건데, 가죽복원이란 게 한번 자리 잡으면 은퇴 걱정 없이 할 수 있는 일이고 타고난 손재주도 있겠다, 최소한의 대화 외엔 정물처럼 앉아 있으면 되는 업무환

경이어서 기꺼이 받아들인 일이었다. 이 분야의 장인이
되리라는 대단한 포부가 있는 건 당연히 아니었다. 생
활반경을 크게 벗어나지 않고 열아홉 살이 됐으니 앞으
로 남은 삶의 모습도 지금과 다르지 않을 것이다.

엄마는, 스무 살이 되면 함께 사장을 하자며 선심 쓰듯
말하곤 했다. 어감이 주는 포스가 있잖냐 포스, 그렇게 말
하며 사장직을 권했으나 솔직히 회장이나 대표직이 더
끌렸다. 12평짜리 비좁은 매장에 사장이 둘씩이나 필요
할 리 없을뿐더러 살아갈수록 어디든 꼭대기라고 생각한
곳보다 더 높은 데가 있다는 걸 알게 된 후부터는 대표
아니면 최고 경영자가 되겠다는 목표가 생겼다.

무사히 고등학교를 졸업하고 나서 시간이 흘러 서른
중후반쯤 되면 지금보다 살아가는 일이 훨씬 재밌을 거
라고 자주 생각했다. 그러면 지루한 학사 일정을 얼마
든지 견뎌낼 수 있었다. 몇 번의 연애 사이에서 부디 사
랑에 흥미를 잃지 않는 어른이 될 것이다. 무엇보다 우
아한 아저씨가 되기를. 어떤 상황에서든 품위를 잃지
않는 정중한 할아버지가 되고 싶은 건 말할 것도 없고.

"그러려면 일단 슈가보이가 돼야지."

내 계획을 듣고 엄마는 눈썹을 모으며 말했었다.

"그런 삶은 냉소주의자에게 안 온다. 넌 설탕이 좀 필

요해."

"설탕?"

"혹은 꿀."

그렇지만 사는 게 무미건조한 걸 어쩌란 말인가.

수능을 앞둔 수험생에게 당장 필요한 건 설탕이나 꿀보다 홍삼 액기스이며, 나의 짧지 않은 인생은 설탕의 하얀 결정체와 도무지 어울리지 않는 적갈색이었다. 양육 기간 동안 설탕인 줄 알았지만 거의 소금만 뿌려댄 아빠는 못 본 지 벌써 2년이 넘어가고 있었고 말이다.

슈가보이라느니 설탕이 필요하다느니 하는 말은 내게 어떠한 경각심도 심지 못하고 그대로 튕겨나갔다. 엄마는 가끔 알 수 없는 말을 한다.

마루에 앉아 노트북 전원을 켰다. 하늘색 파자마 차림인 엄마는 오늘 아침에도 마당 한구석에 구부정하게 서 있다. 곧이어 비좁은 화단에 생생한 기운이 돌기 시작한다.

반투명한 푸른색 고무관에서 나오는 물줄기가 엄마의 꽃밭 위로 시원하게 쏟아진다. 허공을 긋는 물방울이 늦여름 햇살을 통과했다. 물기를 머금어가는 봉선화며 잡풀을 바라보는 건 엄마의 오랜 즐거움 가운데 하나였다. 엄마는 다육 식물을 유독 잘 돌봤는데, 분갈이하여 키운 다육이가 걷잡을 수 없이 많아져서 마당이 가득 찰 정도였다.

"한국의 타샤 튜더군."

놀리듯이 말하자 엄마가 기쁜 얼굴로 '그래?' 하며 웃는다. 언젠가 가죽 복원하는 일을 쉬게 되면 그땐 정원 꾸미는 일에 집중하고 싶다고, 슬로 라이프를 즐기는 친환경적인 할머니가 되고 싶다고 엄마는 곧잘 말하곤 했다.

언젠가 그런 미래가 꼭 왔으면 좋겠다. 엄마가 바라는 대로 자연과 더불어 천천히 사는 미래에서, 나 역시 별 탈 없이 잘 지낼 것만 같았다.

나는 손깍지를 낀 채 기지개를 켜고는 습관처럼 메신저에 로그인했다.

"아까 주문 전화 왔어."

마당에 작은 무지개를 만들며 엄마가 불쑥 중얼거렸다.

"복원해달라고."

나는 심드렁히 노트북만 들여다보았다. 별로 놀랍지 않은 소식이다.

"근데 좀 특이한 주문이더라."

수도꼭지를 잠근 엄마가 눈을 마주쳐왔다.

"장난 전화 같지는 않았어."

"뭐 맡긴댔는데?"

수선이 필요한 가죽을 쓰는 사람들은 느긋한 성격이 대부분이었고, 나 나름의 통계를 놓고 보자면 한낮이나 늦은 저녁에 상담을 요청하는 경우가 많았다.

그런데 새벽부터 전화라니. 방문 접수와 최근 개설한 홈페이지에서 받는 온라인 접수를 통틀어 이른 아침에 복원을 의뢰한 손님은 이제껏 없었다. 오랜만에 독특한 사람이 걸렸구나, 불안한 예감이 마음속에서 눈 뭉치처럼 뭉쳐지기 시작했다.

"가족."

말을 마친 엄마는 조용히 하늘을 올려다봤다.

나는 노트북을 소리 나게 닫았다.

"뭐라고요?"

"자기 가족을 맡기겠대."

엄마가 말했다.

"어떤 부부 좀 복원해달라던데."

비판과 찬웃음은 넉넉지 않은 형편 덕분에 자연스럽게 체득한 것이었다. 열일곱에 목격한 엄마 아빠의 이혼은 늘 어떤 제동을 걸거나 냉각 효과를 냈다. 덕분에 나는 쉽게 차가워졌고 큰 어려움 없이 냉정함을 유지할 수 있었다. 예를 들어 애정이나 정열은 나에게 사전에서나 만날 법한 낯설고 먼 감정이었다. 살면서 한 번 사로잡힐까 말까 하는 어려운 마음이자, 작정하고 덤벼들지 않는 이상 누려보지 못할 기분이었다.

나는 신경질적으로 껌을 씹으며 창밖을 내다봤다. 토요일 아침 손님이 올 기미는 조금도 없다. 엄마는 깜빡 두고 온 혈압약을 가지러 집에 간 참이어서 홀로 가게를 지키고 있었다.

음소거한 티브이처럼 고요한 날이었다. 웬 소녀가 무단횡단하듯 끼어들기 전까지는.

"안녕하세요."

노란색 크로스백을 멘 여자아이는 어딘지 모르게 뚱한 얼굴로 가게에 들어왔다.

"복원 좀 맡기려고 하는데요."

하나로 올려 묶은 다갈색 머리와 로봇 캐릭터가 그려진 운동화, 고집스럽게 다문 입술. 키 작은 아이는 많게 봐야 열 살이나 열한 살 정도로 보였다. 그런데 제품을 의뢰하러 왔다면서 손에 든 건 아무것도 없었다.

"어떤 거요?"

"저희 엄마 아빠를 맡기려구요."

이필원

"······뭐라고?"

"엄마 아빠요. 정지윤이랑 최준수인데요."

잘못 들은 건가 싶어 쳐다봤더니, 여자애는 또 같은 말을 해야 하는 거냐는 듯 눈썹을 꿈틀거렸다. 나는 아이가 문을 열고 들어서기 전에 봤을 복원소의 간판을 생각했다.

가족복원소.

처음 가게 문을 열 때부터 간판이 그 모양이었던 건 아니다.

가죽을 가족처럼 보이게끔 만든 엉뚱한 획은 오랜 세월 동안 흘러내린 빗방울과 새똥의 합작품이었다. 그러니까 우연과 자연이 만든. 돌출된 부분 없는 평면 간판은 가죽만큼 때 타기 쉬웠지만 청소하는 데 특별히 어려움은 없었다. 그리 높은 위치에 건 것도 아니어서 그저 화창한 날에 잠깐 시간 내서 대걸레로 몇 번 문지르면 될 일이었다.

다른 손쉬운 방법으로는 간판유지보수 업체를 부르면 됐는데, 지금까지 그렇게 하지 않은 건 간판 역할이 축소될 정도로 단골손님이 늘었기 때문이었다. 굳이 새 간판을 달아야 할 정도로 보기에 흉하지도 않았다. 오히려 한 자리에서 오래 장사를 이어왔다는 믿음직한 분위기를 자아냈다.

　간판 문구의 선명도를 위해 주기적으로 청소해주는 게 좋았지만 언제부턴가 묵은 때를 방치해뒀고, 그렇게 '가죽' 아닌 '가족'을 내걸고 장사한 지 적잖은 시간이 흐른 것이다. 단 한 글자 차이로 매장의 성격이 완전히 바뀌었지만 재미있다고 웃는 손님들만 있을 뿐 간판 때문에 특별히 곤란했던 적은 없었다.

　그랬는데, 역시 그냥 둔 게 문제였을까.

　"저기."

　가만히 침묵을 견디고 있던 아이가 조심스럽게 입을 열었다.

　"저기요?"

　"왜?"

　"아무 말도 안 하셔서요."

　"생각 중이에요."

　아이는 고개를 끄덕이며 몇 분 더 기다려줬지만 그새를 못 참고 종알종알 말했다.

　"근데 전화할 때랑 목소리가 다르시네요?"

　"전화?"

　"아침에 전화했었는데."

　"아아."

너였구나. 그 전화.

"그거 나 아니고, 엄마가 받으신 거야."

"아아아."

어쩐지, 하는 얼굴로 살피는 눈동자가 반들반들 빛난다. 호기심과 장난기가 또렷하게 물들어 있는 두 눈을 보며 나는 한숨을 내쉬지 않으려고 애썼다.

명품가방뿐만 아니라 지갑과 구두, 가죽을 주재료로 만든 제품은 시간의 흐름이 반드시 남고 만다. 사람은 고쳐 쓰는 게 아니라지만 가죽제품은 다르다. 몇 번이고 고쳐 써도 된다. 고쳐 쓰는 과정에서 축적되는 멋이 있었다. 색이 바래거나 생활 기스 나는 걸 멋으로 여기는 쪽이 많았지만, 흠집이라 생각하는 손님도 드물게 있었고 덕분에 밥벌이가 끊기는 일 없이 이어져온 건데, 눈앞의 손님은 그 어디에도 해당되지 않는다. 굳이 분류하자면 불청객 쪽이었다. 게다가 가족이 수선 가능한 물성을 갖지 않았다는 걸 충분히 알 나이인데. 왜 왔을까, 가죽복원소에.

나는 고민하며 아이를 물끄러미 관찰했다. 찢어지거나 스크래치가 난 관계에 타인이 함부로 끼어들어 참견했다간 불똥 맞고 새우등 터질 위험이 있었다. 여긴 가족복원소 아니야, 그렇게 말하면 지금의 간판이 되기까지의 지난한 과정을 설명해야 할 테다.

바쁘니까 나중에 다시 올래? 이 말은 순간의 위기를 다음으로 미룰 뿐, 곤란함을 계속 진행 시킬 게 분명하다.

귀찮고 난처하다. 복원이란 틀린 걸 바로잡는 게 아니라 처음의 모습을 최대한 되찾는 것이다. 어떻게든 제 부모를 문제없던 시절로 되돌리고 싶은 거겠지만, 가죽을 다루는 사람에게 가족이라니. 마법사나 신이 아닌 이상 도저히 다룰 수 없는 품목이었다.

"아저씨."

그때 아이가 명랑히 말했다.

그 조약돌 같은 말에 머리를 얻어맞은 듯했다. 나는 재빨리 두 손을 저으며 정정했다.

"나 아저씨 아니야."

"아니에요? 오빠예요?"

놀랐는지 아이의 눈이 한껏 휘둥그레진다. 나도 덩달아 놀라서 눈을 크게 떴다. 여자애의 순수한 충격을 마주 보고 있자니 황당했다. 아니, 나 그렇게 노안은 아니라고, 부가설명 하고 싶은 걸 간신히 참아냈다. 보통 저만한 꼬마에겐 키 큰 남자 대부분이 아저씨로 보인다는 걸 알면서도 속상했다.

"얼마 내면 복원해줘요?"

"얼마 있는데?"

나도 모르게 비딱하게 묻고 말았다.

초등학생이 수중에 가진 돈이란 뻔하다. 많아 봐야 몇만 원이겠지. 재듯이 물어보자 금방 표정이 진지해진다. 아이가 노란색 동전 지갑을 흔들며 말했다.

"비상금 털어 이십팔만 원이요. 원래 더 있는데 그건 통장에 저금했구요. 이십팔만 원에 해주면 안 돼요?"

"안 돼."

나는 내 한 달 용돈보다 많은 액수에 놀라지 않은 척했다.

"못 해. 이백팔십만 원을 가져와도."

그러자 아이가 울음을 터뜨렸다. 소나기처럼.

너무 짜증 난다면서, 이게 도대체 무슨 개똥 같은 상황이냐고 울기 시작하는 아이를 보면서 나는 당황하여 목덜미가 달아올랐다. 이런 경우에 쓸 만한 우산이나 양산이 없었으므로 여자애에게 알았어, 알았어, 하면서 무슨 일이냐고 물을 수밖에 없었다.

"자."

주머니를 뒤적여 찾은 풍선껌을 아이에게 내밀었다. 망고분말 0.3%가 담긴 단물이 나 대신에 울음의 세기를 약하게 해줄 거라고 믿으며 포장지를 벗겨주자, 머뭇거리던 아이가 눈물을 닦으며 껌을 받아들었다.

"괜찮아?"

"달아요."

기분이 어떤지를 묻는 말이었지만 아이는 껌의 맛을 평가하며 콧망울에 매달린 맑은 콧물을 손등으로 문질렀다. 풍선껌을 씹으면서 아이는 자신이 가진 가장 내밀한 이야기를 털어놓았다. 우리 엄마 아빠가요, 로 시작된 말은 어떡하죠, 라는 걱정으로 끝났다.

가죽 피대 위를 가위질하듯이 이어진 이야기는 나도 잘 아는 불행이었다. 면식 없는 여자애의 보호자들은, 그러니까 정지윤 씨와 최준수 씨는 이혼을 앞두고 있었다.

"아닐 수도 있잖아."

오해한 걸지도 모른다고 말했으나, 아이는 단호한 표정으로 고개를 저었다.

"아닐 수가 없는데."

"왜?"

"이것 봐봐요."

아이는 여러 번 접었다 펼쳤음 직한 종이를 내밀고는 불안한 듯 손가락을 만지작거렸다. 나는 건네받은 이혼신고서를 읽고 나서 탁자 위에 올려두었다. 한 손에 쥔 라텍스 장갑은 이미 잔뜩 구겨진 지 오래였다. 낯익은 형식의 서류를 보자마자 먼지 속을 걷는 것처럼 목이 칼칼해졌다.

그래서, 어쩌라고.

가만히 두 손을 오므려 쥐었다. 어떤 문제를 안고 있는 부부가 지금 사랑과 전쟁을 찍고 있다 해도 나와는 전혀 상관없는 일이었다. 붕괴 직전의 가족을 맡아 수선할 특별한 능력도 나에게는 없다. 무엇보다 나 역시 찢어진 엄마, 아빠를 어쩌지 못했는데, 어쩌라고.

오래전 사라진 줄 알았던 불안이 다시금 선명해진다. 나는 한참 말을 골랐다. 세상의 모든 가족은 어차피 죽음이라는 피할 수 없는 이별 앞에서 꼼짝 못 한다. 어떻게라도 끝끝내 헤어지기 마련이다. 먼 미래에 겪을 이별이 좀 빨리 온 셈 치라고 둘러댈까. 하지만 대충 마무리해 돌려보내기에는 여자애가 너무 어렸다.

"돌겠네."

"네?"

"아냐. 혼잣말이야."

초조하게 입술을 씹던 나는 문득 엄마라면 무슨 말을 했을까, 생각하다가 멍하니 물었다.

"배고파?"

임시방편의 단맛은 이제 소용없어졌다.

주위를 두리번거리며 엄마라면, 우리 엄마라면 어떻게 할까, 고민하다가 다시 한번 아이에게 배고프냐고 물었다. 엄마는 어린 시절의 내가 울 때마다 아이스크림이나 과자를 사주곤 했다. 아무래도 일단 풍선껌보다 좀 더 오래 먹을 수 있고 따뜻한 음식이 필요한 듯 보였다.

"자장면 좋아해?"

아이가 콧물을 마시며 고개를 끄덕였다. 나는 휴대폰을 들고 쿠폰을 모으고 있는 근처 중국집으로 전화를 걸었다.

자장면 한 그릇을 단 세 입 만에 해치우는 개그맨을 텔레비전에서 본 적 있다. 웬만한 사람은 따라 하기 힘든 속도라고 생각했는데, 자장면을 제대로 씹지도 않고 먹어치우는 아이를 보니 조금만 더 자라면 그 개그맨의 기록을 금방 따라잡을 수 있을 것만 같다.

"맛있어?"

"네!"

단무지와 자장면을 야무지게 먹는 아이를 보느라 짬뽕을 얼마 먹지도 못했다.

"천천히 먹어라."

그러다 체할 수도 있다고 말했지만 얼굴로 자장면을

먹기라도 한 것처럼 뺨까지 자장 소스가 묻은 아이는 입안 가득한 자장면을 씹느라 정신이 없어 보였다.

"너, 이름이 뭐야?"

"둘이요."

"둘리?"

"정둘이요. 하나, 둘, 셋 할 때 둘이."

"그래, 둘이야. 이제 집에 가라."

신문지를 접으며 딴엔 무게를 잡고 말했는데, 눈앞의 아이한테는 전혀 통하지 않았다.

"우리 엄마 아빠 맡아줄 거죠?"

꼼짝하지 않고 자리를 지키던 아이가 재차 자신의 부모님을 이십팔만 원에 떠넘기며 혹시 현금영수증을 끊어줄 수 있냐고 물었다.

학교에서는 이런 상황에 대처할 만한 방법을 배우지 못했다. 끈덕진 대화를 어떻게든 끊어내려고 우선 한발 물러나는 길을 선택했다.

"저기…… 나중에 다시 올래? 고민 좀 해볼게."

그렇게 돌려보낼 때까지만 해도 나는 둘이가 다음 날 바로 찾아올 줄 몰랐다.

"안녕하세요!"

하필 주말이었다. 문을 열고 뛰어 들어온 손님을 보자

마자 나는 손질하고 있던 가죽 파우치를 작업 테이블에 내려놓고 주머니부터 뒤적였다. 오늘은 이 녀석이 난데 없이 울음을 터뜨려도 달래줄 수 있는 껌이나 사탕이 없었다.

"우리 가족 좀 복원해주세요."

당당한 외침은 일요일 오후의 평화를 깨트렸다. 저 문을 열고 들어오는 이가 저 애만은 아니길 바랐는데.

안쪽에서 문의 전화를 받고 있던 엄마가 무슨 일인가 싶어 고개를 들었다. 누구냐, 입 모양으로 묻는 엄마를 본체만체하며 나는 머리를 긁었다. 둘이는 어제보다 한 꺼풀 더 결연해진 얼굴로 가게 안에 버티고 서 있었다. 정말이지 가죽처럼 질긴 아이였다.

"너 진짜……."

이러다간 과장 조금 보태서 당분간 생업을 포기해야 할 지경에 이를지도 모른다. 소원 같은 의뢰를 받아들이지 않으면 이 여자애는 오늘도 엄마와 나의 가게에서 제대로 슬퍼할 게 분명하다.

"그래. 네 말대로 너희 가족 복원해준다고 치자."

나는 결국 참았던 말을 꺼냈다.

"벌어진 틈을 메우면 그 틈이 다시는 안 벌어질 것 같냐? 그때 가서는 A/S도 소용없을 거라고, 알아?"

원망의 얼룩이 엉뚱한 데로 튀고 있지만 멈출 수 없었다.

"뭣보다 여긴 가족복원소가 아니라 가죽복원소야."

나는 물론이고 엄마에게도 사람과 사람 사이를 복원하는 능력은 없다. 그런 능력이 세상에 있을 리 없잖아. 있더라도 우리가 사는 지금 이 순간에는 불가능하다는 걸 너도 알 만한 나이지 않냐. 나는 짜증을 최대한 억누르며 말했다.

"그러니까 돌아가. 집으로."

어느새 전화를 끊은 엄마는 복잡한 눈으로 불청객 말고 나를 바라보고 있었다.

"그래도."

잠자코 있던 둘이가 쏘아보며 말했다.

"간판은 가족복원소잖아요. 가족 복원 주문을 안 받을 거면 이딴 간판 고쳤어야지. 바보예요?"

씩씩대며 밀어붙이는 말에 엄마도 나도 아무런 말을 하지 못했다.

이딴 간판, 정말 손봤어야 했다고 다시금 후회할 때였다.

"엄마가 맨날 울어요. 쌍꺼풀이 없는데 쌍꺼풀이 생겼어요. 눈알 덮는 살이 두 줄, 세 줄이 생겼다고요!"

"배고프니?"

한참 만에 엄마가 조심스레 아이의 위장 상태를 물었고, 둘이는 어제처럼 고개를 끄덕였다.

"잠깐만 기다려라."

엄마는 하루 전의 내가 그랬던 것처럼 단골 중국집으로 전화를 걸었다.

"전…… 짬짜면이 좋겠어요."

가까이 다가온 둘이가 촉촉한 목소리로 말했다.

배달음식을 모두 해치우고 나서야 외면했던 의뢰를 마주 보았다. 어떤 간절함으로 똘똘 뭉쳐 있는 손님은 집으로 돌아갈 생각이 아주 없어 보였다.

어떻게 할 거냐, 묻듯이 바라보는 엄마의 눈을 피하며 나는 한숨을 삼켰다. 무슨 일이 있어도 상관 않겠다는 마음은 결국 적당히 장단 맞춰주자는 쪽으로 무게중심을 옮겼다. 나는 연필꽂이 옆에 던져둔 가죽 수첩을 들고 메모할 만한 빈 공간을 찾아 빠르게 넘겼다.

"사람 복원은 처음이야. 그러니까 돈은 안 받아. 결과는 장담 못 하고."

어쩌면 마음이 바뀌지 않을까, 내심 기대하며 말했지만 둘이의 눈빛은 흔들림이 없었다.

"괜찮아요."

내가 안 괜찮은데.

"언제 복원해줄 거예요?"

그렇게 묻는 아이의 얼굴에는 오히려 기대하는 표정이 걸려 있었다.

일정을 확인한 나는 최대한 여유 있는 날을 손가락으로 짚었다.

"다음 주 목요일. 그날 엄마 집에 계셔?"

"네!"

아까보다 생기가 도는 얼굴을 바라보며 나는 뒷목을 긁적였다. 물에 젖은 운동화를 신고 걷는 기분이 들었다.

"그때 보자."

"네!"

믿을 수 없는 의뢰를 기어이 받아들이고 말았다. 불청객은 장난처럼 꾸민 주문서에 이름 석 자를 반듯하게 적어넣고 나서야 배꼽 인사를 하고 가게를 나섰다.

"슈가보이가 됐구나."

둘이가 앉았던 자리를 정리하던 엄마가 슬며시 말을 걸며 미소 지었다.

"뭐가."

"다정해졌잖아."

"다정은 개뿔."

나는 가게 밖으로 나가 괜히 간판을 노려보았다.

둘이가 살고 있는 집은 복원소에서 그리 멀지 않았다. 외벽에 얼룩진 곳이 많은 주공아파트는 어딘지 서늘한 데가 있었다. 나는 난감한 얼굴로 아파트를 올려다보았다. 한 손에는 가죽제품을 손질할 때 쓰는 공구 가방을 든 채였다. 둘이의 어머니를 만나면 그간의 일을 차근차근 설명할 생각이었지만 왠지 겁이 났다.

일이 너무 커져버렸다. 이렇게까지 키울 생각은 없었는데.

"여기 맞아?"

"네. 205호요."

둘이가 진지한 얼굴로 내 손을 잡았다. 망설이던 나는 조그만 손이 이끄는 대로 계단을 올라갔다.

"잘 안 될 수도 있어."

"알아요."

"기대하면 안 돼."

"네! 근데 기대되는데."

"안 돼."

지금 아이와 함께 하는 건 단순한 이벤트라고 속으로 되뇌었다. 이 녀석 어머니에게는 당연히 몰래 양해

이필원

를 구해야 할 것이다. 그러므로 둘이가 어떠한 기대도 갖지 않길 바랐다. 가족의 상황이 지금보다 나아지리란 바람 같은 건 아예 품지 않았으면 했다.

나는 서서히 몰려오는 긴장감을 풀려고 깊이 심호흡했다. 초인종을 누르자 한참 기다리고 나서야 문이 열렸다.

"누구세요?"

파마기가 조금 남아 있는 단발머리. 품이 넓은 남색 티셔츠와 청바지. 그리고 제 딸 옆에 서 있는 낯선 남자애가 누구인지 살피는 날 선 눈초리.

"누구세요?"

여자가 둘이를 안쪽으로 끌어당기며 다시 물었다. 엄마의 등 뒤에 숨는 꼴이 된 둘이가 불안한 표정으로 엄마, 하고 외쳤다.

"무슨 일로 오셨죠?"

"복원하러 왔습니다."

"복원이요? 보건소?"

"아뇨, 복원소에서 왔습니다. 가죽복원소요."

나는 준비해온 말을 더듬더듬 늘어놓았다.

"원래…… 가죽가방과 지갑, 구두 같은 걸 복원하거나 염색하지만, 가끔 사람 사이를 다듬기도 합니다. 둘이가 그래서 저희 가게를 찾아온 거구요."

진중한 얼굴로 3초간 침묵.

이만하면 됐다 싶어 다시 말을 이었다.

"보통 온라인 예약 받고 나서 사진으로 상태를 확인한 뒤에 작업 들어가는데 오늘은 직접 방문했습니다."

"작업이라뇨?"

"실례지만 둘이 아버님과의 사이…… 그러니까 정지윤 씨랑 최준수 씨 사이가, 가볍게 스크래치 난 건지 아니면 거의 절단 상태인지……."

"기가 막혀."

여자가 화난 얼굴로 말했다.

"이봐요! 보아하니 학생 같은데 가서 공부나 해요."

나는 닫히는 문 사이로 다급하게 외쳤다.

"아시다시피 가족은 사람이라서 사람의 힘으로 복원가능한데요."

여기까지 말했을 때 둘이의 엄마는 금방이라도 고함을 지를 것처럼 보였지만, 재빨리 건넨 손때 묻은 이혼신고서를 보곤 입을 다물었다. 방문의 목적이 무엇인지 어렴풋이 깨달은 눈빛을 마주 보며 나는 고개를 살짝 끄덕여 보였다.

여자가 이마를 짚으며 둘이와 나를 번갈아 바라보았다.

그와 동시에 잊고 있던, 잊고 싶었던 아빠의 얼굴이 물웅덩이에 비친 듯 투명하게 어른거린다. 이젠 복원 불가능한 그 사람은 지금 어디에서 뭘 하고 있을까. 나와 엄마를, 우리를 조금쯤은 생각할까. 생각해줄까.

아직 늦여름인데, 겨울이 오려면 멀었는데 가슴 한구석으로 난데없이 찬 바람이 몰아치는 것 같았다.

비어 있는 고무대야 위로 단풍잎이 떨어졌다. 마당 구석 아담한 수돗가는 엄마가 없어서 그런지 아침인데도 바짝 말라 있다.

나는 졸린 눈을 비비며 엄마의 화단을 바라보았다. 그날로부터 벌써 보름이 흘렀다. 일 년이 지나도 둘이의 의뢰를 잊지 못할 거라고 거의 매일 밤 생각했다. 그날 모녀의 둥근 울음소리가 계단을 타고 위로 아래로 길게 퍼져 나가던 그때. 눅눅히 젖어들던 오후를 떠올리며 등 뒤로 두 손을 널찍이 짚었다. 눕듯이 앉아 있다가 결국 풀썩 누워버렸다.

세상에는 갈라져야만 하는 사이도 있는 거다. 멀어져야 비로소 평안해지는 관계도 있는 거니까.

그렇다 해도 역시 궁금하다. 사람과 사람이 복원될 수 있을까. 그럴 수 있는 관계가 세상에 과연 존재할까.

대문 열리는 소리가 들린다. 엄마가 느린 걸음으로 마당을 가로질러 왔다. 머리맡에 허리를 굽히고 선 엄마의 얼굴이 거꾸로 보였다.

"먹어봐. 달아."

엄마가 장바구니에서 등황색 감귤 하나를 꺼내 내밀었다. 나는 그걸 받아 손에 쥐고 말랑말랑해질 때까지 주무른 다음 껍질을 까서 입에 넣었다.

"달다."

"달지."

가까이서 엄마가 빙긋이 웃는다.

늦여름의 깜짝 손님 때문에 엄마 역시 자신의 복원할 수 없는 사람이 떠올랐을 텐데, 여전히 무두질한 가죽처럼 부드럽게 미소 지었다. 복원할 수 없는, 복원하지 않아도 되는 관계를 공유하는 우리는, 언제나처럼 이렇게 다디단 귤을 까먹으며 잘 지내리라는 예감이 들었다. 그러다 보면 삶을 차지하는 당도의 비율이 높아져서 뭐든 괜찮아지는 날이 늘 것이다.

바라는 건 둘이도, 그 애도 부디 그랬으면 좋겠다는 것이다.

나는 문득 간판을 떠올렸다. 가족복원소는 당분간 따로 세척하거나 교환하는 일 없이 그대로 가족복원소로

이필원

남을 테다. 복원 기술이 절실히 필요한 누군가가 곧장 들렀다 갈 수 있도록. 맡기려는 것이 설령 물건이 아닌 사람일지라도.

"졸업하면, 명함 하나 파줘."

"명함?"

"가족복원소 대표로다가."

벌떡 일어나며 말하자 엄마가 소리 내어 웃었다.

"엄마."

"왜?"

"슬로하게 살아. 지금부터 그래도 되잖아."

"사실 지금도 충분히 그렇게 살고 있어."

엄마가 말했다.

"요즘 사는 게 마음에 들어."

"정말?"

"응. 너도 그랬으면 좋겠는데."

엄마의 목소리가 어쩐지 가라앉은 듯해서 나는 나도 그렇지 뭐, 하면서 씩 웃어 보였다.

"대신 용돈 좀 올려주면 좋겠는데."

엄마가 따라 웃더니 수능일까지 얼마나 남았는지 따끔하게 상기시켜주었다. 건성으로 네네, 대답하던 나는 두 눈을 감으며 엄마의 잔소리를 흘려들었다. 잠시 후

실눈을 뜨고 바라본 마당에는 가을이 들어차 있었다.
모자란 것 하나 없이 완벽한 가을이었다.

　오래전에 여러 형태로 즐겁게 쓴 이야기를 마침내 선보이는 일은 기쁘고 설레면서 슬프기도 하네요. 슬픔, 하니까 제 안에 있는 것을 괜히 죄다 털어놓고 싶어집니다.

　이 조그만 이야기는 십여 년 전 차를 타고 가다가 차창 너머로 스쳐보았던 어느 '가죽복원소'의 간판에서 출발했습니다. 단순명료한 간판에 눈이 갔던 그 순간부터 가죽을 다루는 사람들과 끊어지기 직전의 관계에 매달려 있는 사람들이 떠올라 한동안 가슴 한구석이 소란스러웠던 기억이 납니다.

　낡고 해어졌지만 가장 아끼는 보물인 「가족복원소」를 수선하는 마음으로 다듬었습니다. 「가족복원소」를 쓰던 때의 저는 흐린 데 없이 환했는데, 지금은 그냥 슬픈 사람이 된 것 같습니다. 그렇지만 슬퍼하면서도 계속해서 제 안팎의 이야기를 무두질해 꺼내보고자 합니다.

　「가족복원소」를 읽는 동안 조금이라도 즐거우셨기를 바랍니다. 고맙습니다.

사랑의 유통기한

정진영

장편소설 『도화촌기행』으로 조선일보판타지문학상을 받으며 작품 활동을 시작했다. 신문기자로 일했다. 장편소설 『침묵주의보』가 JTBC 드라마 〈허쉬〉로 제작됐다. 장편소설 『젠가』, 『정치인』(출간 예정)도 드라마로 만들어질 예정이다. 장편소설 『다시, 밸런타인데이』, 『나보다 어렸던 엄마에게』가 있다. 백호임제문학상을 받았다.

"오랜만이에요."

오랜만이라는 말은 인사로써 전혀 이상하지 않은 말이다. 하지만 생전 처음 보는 여자가 낯선 남자에게 건네는 인사라면 이상한 말임이 틀림없다. 그것도 꽤 아름다운 여자라면 더 그렇다. 처음 들른 바(Bar)에서 호가든 한 병을 주문한 내게 엉뚱하게도 백세주를 가져오는 바텐더가 바로 그런 여자다.

"주문을 잘못 받으신 것 같은데요?"

"알아요."

"그런데 어째서 백세주를."

"이번에는 제가 살게요. 저번에는 당신이 한턱냈잖아요. 백세주가 더 낫지 않나요? 자칭 맥주 애호가들이 한국에서 만들어져 맛이 다르다고 외면하는 오가든보다는 말이죠. 병행 수입한 오리지널 호가든이라면 모를까."

"네? 제가 한턱냈다니요? 그리고 저는 그쪽과 만나 술을 마신 기억이 없는데요?"

"같이 마셨다고도 할 수 있고 아니라고도 할 수 있고…… 상관없어요. 제 이름은 웅녀예요. 앞으로는 웅녀라고 불러주세요."

"웅녀요? 당신이 웅녀면 저는 단군이겠네요."

"단군이요? 단군은 제 아들인데……."

아들? 나는 화들짝 놀라서 굽혔던 허리를 세웠다.

"결혼하셨어요?"

그녀는 어깨를 으쓱거렸다.

"여러 번 했는데 지금은 싱글이에요. 뭐 문제라도 있
나요?"

젊어 보이는데 결혼을 여러 번 했고 아들까지 있다?
나는 표정에 실망을 감추지 못했다.

"뭐 문제라고까지는."

"아무럼 어때요. 저는 앞으로 당신을 단군이라 부를게
요. 오랜만이에요 단군 씨. 저도 한 잔 따라주시겠어요?"

자칭 웅녀라는 여자가 잔 두 개를 가져왔다. 황당했
지만 아름다운 여자 바텐더와 잔을 나누는 일을 마다할
사내가 세상에 있을까? 결혼을 여러 번했고 아들도 있
다지만 지금은 혼자라는데? 나와 결혼할 것도 아니고,
자기가 먼저 나서서 같이 마시고 싶다는데?

"저와 대작하는 건 감사한 일인데, 영업은 어쩌고요?"

"영업이요? 안 하면 되죠."

웅녀는 입구 바깥 손잡이에 폐점을 알리는 푯말을 매
달았다.

"앞으로 단군 씨가 찾아오시면 저렇게 문을 닫을 거예요."

"네? 여기 사장님이 아시면 어쩌려고요?"

"제가 사장인데 영업을 하건 말건 무슨 상관인가요?"

"웅녀 씨가 사장이라고요? 알바가 아니고요?"

"왜요? 이상한가요?"

웅녀는 동그란 눈을 깜빡이며 고개를 갸웃거렸다. 바의 조명이 어둡기 때문인지 몰라도 외모만으로는 웅녀의 나이가 쉽게 짐작되지 않았다. 처음에는 20대 후반에서 30대 초반으로 보였는데 지금은 20대 중반으로도 보였다. 이렇게 젊은 여자가 근사한 바의 사장이라는 사실이 믿어지지 않았다. 결혼을 여러 번 했고 아들까지 있다는 말은 더더욱.

"혹시 집안이 재벌인가요?"

"아닌데요."

"로또라도 맞았나요?"

"그것도 아닌데요."

"그렇다면 무슨 돈으로 이렇게 근사한 바를 차리신 건가요?"

"무슨 돈이라니요? 당연히 제가 벌어서 차렸죠."

"정말요? 정말 웅녀 씨가 직접 번 돈으로 이런 바를

차리신 거라고요?"

"물론이죠."

허탈해진 나는 입에서 바람 빠지는 소리를 흘렸다.

"세상에…… 능력 좋으시네요. 나는 인생을 헛살았네. 혹시 코인으로 대박을 치셨어요?"

"코인은 무슨요. 대신 저는 남들보다 훨씬 많은 시간을 가지고 있어요."

"시간요? 시간을 무슨 수로 가져요?"

"시간은 돈이라고 하잖아요."

웅녀는 지갑에서 1000원짜리 지폐 한 장을 꺼내 바위에 올려놓았다.

"제가 시간이 돈이 된다는 사실을 증명해 드릴게요."

"퇴계 이황을 앞에 두고 주문을 외우면 세종대왕으로 변하기라도 한답니까?"

"안 될 이유도 없죠."

웅녀는 싱긋 미소를 지어 보였다. 나는 이번 학기에 장학금을 받지 못해 마지막 학기 등록금을 대출로 겨우 해결했다. 다행히 미등록 제적이라는 불상사는 면했지만, 빚은 고스란히 남았다. 웅녀의 말에 귀가 솔깃했다. 웅녀는 지폐를 가리키며 말했다.

"아인슈타인이 남긴 말 중에서 가장 유명한 말이 무

엇인지 아세요?"

"E는 MC의 제곱 아닌가요?"

"아니에요. 아인슈타인은 우주에서 가장 강력한 것은 복리라는 말을 남겼어요."

"복리요? 원자폭탄이 아니고요?"

"복리가 무엇인지 아시죠?"

"제가 그런 기본적인 상식도 없을까 봐 무시하나요? 원금에 이자를 더한 금액에 이자가 붙는 방식 아닙니까. 그런데 설마 아인슈타인 같은 위대한 과학자가 그런 황당한 말을 남겼겠어요?"

"못 믿으셔도 할 수 없지만 아인슈타인은 정말로 그런 말을 남겼어요. 왜 그런지 제가 직접 증명해 드릴게요. 아니, 단군 씨가 직접 증명해보세요. 그게 더 실감 날 테니."

"네? 제가 어떻게요?"

웅녀는 메모지와 볼펜을 가져와 내게 건넸다.

"간단해요. 월 5%의 복리로 1000원짜리 한 장을 맡기면 한 달 후에 얼마가 될까요? 직접 계산해보세요."

"굳이 볼펜으로 적어가며 계산할 필요까지 있나요? 1050원입니다."

"1년 후에는 얼마가 될까요?"

"글쎄요."

"1796원. 10년 후에는 얼마가 될까요?"

"글쎄요. 한 10만 원쯤 되나요?"

"34만 8911원. 20년 후에는 얼마가 될까요?"

"100만 원쯤 되려나요?"

그녀는 고개를 저으며 종이에 볼펜으로 숫자를 적어 보여주었다. 나는 너무 놀라서 입을 다물 수가 없었다.

"네? 이게 얼마죠? 일, 십, 백, 천, 만……."

"1억 2173만 1593원. 계산이 복잡해 비과세로 계산 했어요."

"설마요? 1000원짜리 지폐가 20년 만에 이렇게 불어 난다고요?"

"믿기지 않으면 직접 계산해보세요. 계산하는 데 시 간이 꽤 오래 걸리겠지만, 결과는 달라지지 않아요. 그 러면 30년 후에는 얼마가 될까요?"

"20년이 이 정도라면 30년은 어마어마하겠군요."

"맞아요. 30년 후에는 약 42억 원, 50년 후에는 무려 5000조 원이 된답니다. 이로써 시간이 돈이라는 제 말 이 사실이라는 게 증명됐죠?"

5000조? 나는 벌어지는 입을 다물지 못하면서도, 왜 웅녀가 내게 이런 말을 하는지 의구심이 들었다.

"그럴듯한 이야기처럼 들리지만, 혹시 다단계 아니죠? 미리 말해두는데, 저는 빚밖에 없으니 데려가도 손해입니다."

"다단계가 사기꾼 같나요? 다단계의 하부 조직원도 시간과 그 시간을 기다리는 인내심만 충분하다면 부자가 될 수 있어요. 물론 그 시간과 인내심이 충분하지 못해 다단계 조직이 무너지는 게 더 빨라서 문제지만. 천재라던 아인슈타인도 주식 투자에선 실패했거든요."

"그렇다면 웅녀 씨에겐 시간과 인내심이 충분하다는 이야기인가요?"

"충분하냐고요? 넘쳐서 감당할 수 없어요."

"넘쳐서 감당할 수 없다고요? 누가 들으면 영생이라도 하는 줄 알겠어요."

"맞아요. 세상에 저보다 나이 많은 사람은 손에 꼽을 걸요?"

"아니 그러면 웅녀 씨가 정말 단군신화 속의 웅녀라도 된다는 말입니까?"

웅녀가 내게 손가락으로 브이(V) 자를 펴 보이며 웃었다.

"넵! 제가 바로 그 단군신화 속에 등장하는 웅녀랍니다."

나는 다음 날 저녁에도 바를 찾았다. 황당했지만 웅녀의 이야기는 나름대로 재미가 있었다. 무엇보다도 솔로로 지낸 지 꽤 오래된 나로서는 오랜만에 새로운 여자와 만나 이야기를 나누는 일이 꽤 즐거웠다. 바를 찾은 손님이 모두 나가자 웅녀는 폐점을 알리는 팻말을 출입문 바깥 손잡이에 매달았다. 그녀는 내게 맥주 한 병과 잔을 건네며 말했다.

"다시 찾아오실 줄 알았어요."

"오가든 대신 백세주를 내오던 분이 오늘은 웬 오가든인가요?"

"이건 호가든이에요. 병행 수입한 벨기에산 오리지널 호가든."

"정말요?"

웅녀의 말대로 병에는 오가든을 만드는 국내 주류회사의 흔적이 보이지 않았다. 나는 호가든 전용 잔에 맥주를 3분의 2 정도 채운 뒤 병에 남아 있는 맥주를 흔들어 거품을 내 맥주 위를 덮었다. 호가든의 맛은 오가든과 다르지 않았다. 더 솔직하게 말하자면 다른 점을 느낄 수 없었다. 오히려 오가든의 맛이 호가든보다 낫다는 생각도 들었다. 웅녀는 내게 맛이 어떻게 다른지 물었다.

"글쎄요. 어제 웅녀 씨가 한 말이 기억나서 오늘 낮에 인터넷으로 호가든과 오가든의 차이점이 무엇인지 검색해봤어요. 맛이 다르다는 반응이 대부분이더군요. 그런데 직접 맛을 보니 잘 모르겠습니다. 제 싸구려 혓바닥이 미묘한 차이를 느끼지 못하는 것인지, 아니면 사람들이 선입견 때문에 심리적으로 그런 차이를 느끼는 것인지."

"브라보!"

웅녀는 내게 엄지손가락을 추켜올리더니 손뼉을 쳤다.

"갑자기 왜 박수를?"

"단군 씨는 솔직하세요. 술을 많이 다루는 제 입맛에도 호가든과 오가든의 맛의 차이는 크지 않아요. 어쩔 땐 오가든이 더 신선하게 느껴지기도 해요. 맥주는 신선도가 생명이잖아요. 오랜 시간 동안 물 건너온 호가든이 과연 오가든보다 신선할까요? 오가든이 맛없다고 평가절하하는 태도는 선입견 때문에 본질을 제대로 보지 못해 벌어지는 일이죠. 단군 씨는 제가 어제 말씀드린 이야기를 있는 그대로 받아들이실 수 있나요?"

"네? 설마 웅녀 씨가 정말 단군신화 속의 웅녀라는 이야기 말인가요?"

"단군 씨는 제가 웅녀라는 사실을 믿지 못하시겠어요?"

"당연히 못 믿죠."

"왜죠?"

"생물학적으로 사람은 그렇게 장수할 수 없으니까요. 웅녀 씨는 자신이 반만년을 살아온 진짜 웅녀라는 증거를 가지고 있나요?"

"증거요? 제가 이렇게 존재한다는 자체가 증거죠. 이보다 더 큰 증거가 필요한가요?"

"그런 말은 저도 할 수 있습니다. 저는 공자입니다. 춘추시대에 살았던 사상가 공자 말입니다. 웅녀 씨는 제 말을 믿을 수 있어요?"

"아니요. 단군 씨는 공자가 아니니까요. 공자는 제가 직접 본 일이 몇 번 있어서 알아요. 공자는 단군 씨와 달리 기골이 장대한 인물이었어요. 전차도 얼마나 잘 몰았는데요."

"아니! 어떻게 웅녀 씨가 공자를 알아요? 아무튼! 저도 웅녀 씨도 객관적으로 다른 사람들을 설득할 만한 증거를 가지고 있지 않습니다. 그러니 어떻게 제가 웅녀 씨가 단군신화 속의 웅녀라고 믿을 수 있겠습니까? 이럴 때 입증책임은 주장하는 사람에게 있는 거예요."

웅녀의 표정이 어두워졌다. 웅녀의 말이 너무 허무맹랑해 살짝 발끈했는데, 괜히 미안한 마음이 든 나는 말없이 맥주만 홀짝거렸다. 웅녀가 먼저 입을 열었다.

"제가 비밀을 한 가지 말씀드릴게요."

"비밀이요? 웅녀 씨가 단군신화 속의 웅녀라는 비밀
보다 더 큰 비밀이 있나요?"

"그런가요? 그런데 제가 어떻게 지금까지 살아남을
수 있었는지 그 비결이 더 큰 비밀이 아닐까요?"

"불로장생이야말로 인간의 영원한 꿈 아닙니까? 그래
서 진시황도 불로초를 찾기 위해 곳곳에 신하를 보냈다
는 이야기가 역사적 기록으로도 남아 있다고 하고요."

"맞아요. 진시황은 불로초를 찾기 위해 동남동녀 500
명을 서복에게 딸려 동쪽으로 보냈죠. 서복은 그때 제
주도에 와서 불로초를 찾는 데 성공했어요."

"네? 서복이 불로초를 찾았다고요? 그것도 제주도에
서요?"

"그럼요. 제게서 불로초를 가져간 사람이 바로 서복
이니까요."

웅녀의 이야기는 점입가경이었다. 웅녀의 말에 따르
면 그녀는 약 5000년 전 오늘날 두만강 상류의 한 작은
마을에서 태어났다. 열일곱 살에 다른 부족의 마을로
시집을 간 웅녀는 스무 살 무렵 여름에 기이한 일을 겪
는다.

개울가에서 몸을 씻던 웅녀는 갑자기 하늘에 등장한 거대한 둥근 물체를 보고 두려워 도망치다 강렬한 빛에 둘러싸여 정신을 잃고 말았다. 잠시 후 정신을 차린 웅녀의 눈에 가장 먼저 들어온 건 누워 있는 자신을 둘러싼 대여섯 명의 사람들이었다. 그들은 저마다 피부색이 달랐는데, 입고 있는 옷의 색은 모두 흰색이었다. 웅녀는 처음 보는 형태의 옷이었다. 그들은 웅녀를 두고 이런저런 대화를 나눴지만, 웅녀는 그들의 말을 전혀 알아들을 수 없었다. 그중 나이가 가장 많아 보이는 여자가 웅녀에게 구슬 하나를 건넸다. 그녀는 웅녀에게 그 구슬을 삼키라는 듯 손짓으로 시늉을 했다. 웅녀는 겁이 나 망설였지만, 계속되는 그녀의 손짓에 못 이겨 구슬을 삼켰다. 잠시 후 웅녀의 뱃속이 부글부글 끓어오르더니 온몸이 불타는 것처럼 뜨거워졌다. 웅녀는 후회하며 정신을 잃었다.

그날 저녁, 웅녀는 개울가를 지나가던 마을 사람들에게 발견됐다. 모든 게 꿈만 같았지만, 웅녀의 손에는 낯선 사람들이 자신에게 먹인 구슬과 똑같은 구슬이 쥐어져 있었다. 그녀는 왠지 모르게 그 구슬을 잘 간직해야한다는 생각이 들어 품속에 깊이 갈무리했다. 그 이후 웅녀에겐 별다른 일이 벌어지지 않았다. 그 사이에 낳은 아이들은 건강하게 잘 자랐고 농사도 풍년이었다. 그렇게 몇 년 동안 웅녀에게 평안한 나날들이 계속됐다.

그러던 어느 날, 마을의 여러 사내와 함께 사냥을 떠났던 남편이 호환으로 죽고 말았다. 아이들도 별다른 이유 없이 하나둘씩 시름시름 앓다가 세상을 떠났다. 그뿐만 아니라 서른이 넘고 마흔이 가까워져 가는데도 웅녀의 얼굴에선 조금도 나이 드는 티가 나지 않았다. 그러자 마을 사람들 사이에서 웅녀가 저주를 받았다는 소문이 돌았다. 집요한 핍박을 받고 마을에서 쫓겨난 웅녀는 자신이 늙지 않는 이유가 오래전에 이상한 사람들이 먹인 구슬 때문이 아닌지 의문을 품게 됐다. 웅녀는 자신이 늙지 않는다는 사실을 저주로 여기고, 그 저주를 풀기 위해 수많은 곳을 떠돌았다. 그러나 영험하다는 제사장들은 그녀가 늙지 않는다는 말을 믿어주지 않았고, 사내들은 홀로 이리저리 떠도는 그녀를 호시탐탐 노렸다.

절망한 웅녀는 스스로 목숨을 끊으려 절벽에서 뛰어내리거나 나무에 목을 매기도 했다. 그런데도 웅녀는 죽지 않았다. 아니 죽을 수가 없었다. 나무에 목을 매면 나뭇가지가 부러졌고, 절벽에서 뛰어내리면 나뭇가지에 걸리거나 물에 빠져 구사일생으로 살았다. 죽기 위해 어떤 시도를 해도 결코 죽을 만큼의 치명상은 입지 않았고 회복 속도도 빨랐다. 깊은 강이나 바다에 뛰어들어도 허우적거리다 보면 어느새 물 밖으로 나와 있었고, 맹수들도 웅녀를 알아서 피했다. 굶어 죽으려 아무것도 먹지 않아도 정신만 맑아질 뿐이었다. 악에 받친 웅녀는 죽기가 이렇게 어려우니 오기로 한번 제대로 살아보겠다고 결심했다.

오랜 시간 동안 사람들과 떨어져 홀로 황야에서 지내다 보니, 먹어도 되는 식물과 먹으면 안 되는 식물을 거의 구별할 수 있게 됐다. 구별법은 간단했다. 먹어도 탈이 없으면 먹어도 되는 식물이고, 탈이 나면 먹으면 안 되는 식물이었다. 어차피 독초를 먹어도 토하거나 어지럼증으로 잠시 고생할 뿐 죽지는 않았으니까.

"한의학 발전에 제가 기여한 공이 얼마나 큰 줄 아세요? 저 아니었으면 수많은 사람이 독초를 구별하지 못하고 먹다가 죽었을걸요? 제가 여럿 살렸어요."

더불어 웅녀는 어지간한 짐승들의 습성도 모두 파악할 수 있게 됐다. 그만큼 짐승을 잡는 일이 수월해져 식단도 풍성해졌다. 그렇게 수십 년의 세월이 흐르자 웅녀는 그 어떤 건장한 사내도 함부로 건드릴 수 없는 강한 여자가 돼 있었다. 밤마다 하늘을 바라보며 잠든 웅녀는 수많은 별과 다르게 움직이는 별 다섯 개를 알게 됐고, 그 별들의 움직임이 달처럼 일정한 주기를 가지고 있음을 파악했다. 뿐만 아니라 웅녀는 구름의 모양과 벌레들의 움직임을 살펴보는 것만으로도 날씨의 변화를 예측할 수 있게 됐다.

"그 다섯 별이 수성, 금성, 화성, 목성, 토성이란 걸 알게 된 건 먼 훗날의 일이에요. 당시에는 그 별들이 그저 특이하게 움직이는 별이라고 여겼을 뿐이에요. 차라리 그 별들이 행성이란 걸 모르는 게 나을 뻔했어요. 예전에는 하늘에 붙박인 수많은 별 사이를 이리저리 오가는 행성들의 모습이 마치 정처 없이 떠도는 저를 닮은 것 같아 남처럼 느껴지지 않았거든요. 그런데 정체를 알고 나니까 정이 뚝 떨어지더라고요. 단군 씨는 행성들이 어떻게 움직이는지 잘 모르죠?"

"도시에선 밤이 지나치게 밝아 하늘에 떠 있는 별이 잘 보이지 않으니까요."

"행성 중에서도 샛별, 아니 금성이 얼마나 밝은지 모르죠? 달이 보이지 않는 어두운 밤에 금성이 밝게 뜨면, 땅에 그 빛으로 그림자가 드리워질 정도예요."

자신감을 얻은 웅녀는 마을 곳곳을 돌아다니며 풍흉과 천재지변을 예언했다. 처음에는 웅녀를 배척했던 사람들도 웅녀의 예언이 대부분 맞아떨어지자 그녀를 저주받은 여자가 아닌 신의 대리인으로 숭배하기 시작했다. 따르는 무리가 많아지자 웅녀는 더욱 과감해졌다. 웅녀는 곰을 한 마리 잡아 가죽을 벗겼다. 곰의 모든 습성을 파악하고 있던 웅녀에게 곰 한 마리쯤 잡는 일은 어려운 일이 아니었다. 그때부터 웅녀는 곰의 가죽을 뒤집어쓴 채 풍흉과 천재지변을 예언하며 사람들에게 신과 같은 존재로 군림했다. 허무맹랑하지만 나름 앞뒤가 맞고 재미있는 이야기였다.

"정말 대단하신데요? 곰의 가죽을 뒤집어쓰고 사람들을 호령하는 웅녀 씨라니."

"이제 제 이야기를 믿으시겠어요?"

"재미있는 이야기이긴 하네요. 그렇다면 웅녀 씨에게 구슬을 먹인 이상한 사람들은 누구인지 아세요?"

"저는 그때 본 사람들이 막연하게 신이라고 생각해왔어요. 불과 몇십 년 전까지도 말이죠. 지금 돌이켜보면 그 사람들은 미래에서 온 인류이거나 외계인이 아닌가 싶어요. 저를 납치했던 둥근 물체는 요즘 말로 UFO가 아닌가 싶고."

"그들이 왜 하필 다른 사람도 아닌 웅녀 씨를 선택해 영원히 살게 만든 걸까요?"

"글쎄요. 저를 통해 무언가를 연구하기 위한? 어쩌다 한 번씩 그 사람들을 만나는 꿈을 꾸는데, 너무 생생해서 꿈이 아닌 것 같아요. 제게 구체적으로 물어보는 게 정말 많거든요. 꿈이라면 그렇지 않을 텐데 말이죠. 그 이유를 알기 위해 오랫동안 고민해왔는데, 아직도 이유를 모르겠어요. 그냥 사는 대로 사는 거죠. 하지만 언젠가 그들을 다시 직접 만나게 될지도 모른다는 예감이 들어요."

나는 웅녀가 어디까지 허무맹랑한 이야기를 들려줄지 끝까지 들어보기로 마음을 먹으며 그녀에게 물었다.

"웅녀 씨의 이야기가 사실이라면 웅녀 씨는 인류 역사상 최고의 지식인이겠네요?"

웅녀가 손사래를 쳤다.

"에이! 그렇지는 않아요. 단군 씨가 저보다 훨씬 다양한 지식을 가지고 있을지도 몰라요. 저는 지구가 둥글다는 사실을 알게 된 것도 최근이에요. 예전에 닐 암스트롱이 달에 발자국을 남기는 모습을 흑백 텔레비전으로 봤을 때도 저는 사기라고 생각했어요. 우습죠? 정작 저는 말도 안 되게 오랫동안 이 세상에 살아있는 존재인데. 저는 그저 과거 기억의 파편과 언제까지 제게 주어질지 모르는 시간만을 가지고 있을 뿐이에요."

"젊음을 유지하면서 영원히 살아갈 수 있다…… 인간이라면 누구나 원하는 꿈이 아닌가요?"

"정말로 그렇게 생각하세요?"

"당연하죠. 현대의학이 꿈꾸는 최종목표가 바로 불로장생이니까요."

웅녀는 무거운 표정을 지으며 고개를 저었다. 나는 다시 웅녀에게 물었다.

"영원히 젊음을 유지하면서 산다는 게 불행한 일인가요?"

"그렇게 생각했던 때도 잠깐 있었지만, 꼭 그렇다고 말할 수도 없어요. 군이 표현하자면 99퍼센트의 절망과 1퍼센트의 희망으로 사는 거예요."

"1퍼센트의 희망이라. 너무 가혹하지 않나요?"

"단군 씨도 지난날을 생각해보세요. 좋은 일과 나쁜 일 중 어떤 일이 더 많았나요? 사람 사는 세상이 다 그래요. 사람들 대부분이 판도라의 상자 속에 마지막으로 남아 있을지도 모를 희망만을 바라보며 살아가요."

"그렇다면 웅녀 씨에게 그 희망은 무엇인가요?"

"아무리 긴 세월이 흐른다고 해도 만날 사람은 언젠가 만나게 된다는 희망?"

웅녀가 나를 그윽한 눈빛으로 바라봤다.

"반가워요. 반세기 만이네요. 우주선이 달에 착륙하는 모습을 함께 본 게 마지막 만남이었으니."

다음 날 저녁, 나는 또다시 바를 찾았다. 웅녀의 이야기는 허무맹랑했지만, 누가 들어도 거짓인 이야기를 천연덕스럽게 풀어내는 그녀의 모습은 꽤 매력적이었다. 그런데 오늘은 입구에 폐점을 알리는 푯말이 걸려 있었다. 아쉬움을 느끼며 돌아서는데 갑자기 문이 열렸다.

"오늘도 오실 줄 알았어요, 단군 씨."

"계셨군요! 그런데 오늘은 왜 벌써 문을 닫으신 거죠?"

"단군 씨와 나누는 대화를 방해받고 싶지 않아서요. 아마 단군 씨와 제가 하는 이야기를 다른 손님들이 들으면 백이면 백이 미쳤다고 할걸요? 들어오세요."

맞는 말이다. 이런 대화를 진지하게 나누는 둘을 누가 제정신으로 보겠는가. 웅녀는 호가든과 잔을 카운터로 가져와 내게 건넸다. 나는 바로 질문을 던졌다.

"웅녀 씨에게서 불로초를 가져갔다는 서복에 대해 이야기해주실 수 있나요?"

"이제 제가 웅녀라는 사실을 믿으시나요?"

"솔직히 그건 아니에요. 하지만 매우 흥미롭긴 했어요. 제가 웅녀 씨와 헤어진 후 인터넷으로 서복에 대해 알아봤어요. 정말 서복이 제주도를 다녀갔다는 전설이 있더라고요. 서귀포라는 지명도 서복과 관련된 지명이었고요."

웅녀는 눈을 가늘게 떴다.

"이야기가 흥미로운 건가요, 제가 흥미로운 건가요?"

"훅 들어오니 이것 참. 웅녀 씨를 보러온 것도 맞고, 웅녀 씨의 이야기를 들으러 온 것도 맞아요. 얼른 질문부터 하나 할게요. 불로초를 가져간 서복은 아직도 살아있나요?"

"물론이죠. 불로초를 먹었으니 살아있어야죠. 아마 지금 일본에 있을 거예요."

"웅녀 씨가 말하는 불로초는 외계인들이 건네준 구슬이죠?"

"그렇죠. 하지만 서복에 대해 이야기를 하려면 그전에 다른 이야기를 더 풀어야 해요. 저를 있는 그대로 받아들여준 첫 남자에 대해."

나를 바라보는 웅녀의 눈빛이 촉촉해졌다.

"설마 그게 저라는 말은 아니겠지요?"

웅녀는 말없이 내 눈을 바라봤다.

"제가 웅녀 씨처럼 반만년을 살아오기라도 했다는 말인가요?"

"그렇지는 않아요. 하지만 저는 당신을 알아볼 수 있어요. 아무리 오랜 세월이 흐른다고 해도 말이에요. 단군 씨는 윤회를 믿으세요?"

"전생이나 윤회 모두 아무런 증거가 없잖아요. 티베트의 달라이 라마를 예로 들며 인간의 영혼이 윤회한다고 주장하는 사람들도 있지만, 저는 솔직히 믿을 수 없어요. 저는 이 세상에서 누구도 부정할 수 없는 진리는 두 가지밖에 없다고 생각하거든요. 첫 번째는 우리가 살아있다는 사실, 두 번째는 우리는 모두 언젠가는 반드시 죽는다는 사실."

"영원한 사랑을 믿나요?"

나는 얼마 전에 헤어진 여자 친구를 떠올리며 쓴웃음을 지었다.

"사랑이라는 감정이 과연 영원할까요? 불같은 것 아닌가요? 사랑이라는 이름을 가진 화려한 불길로 서로를 태우다가, 정이라는 이름을 가진 잿더미를 지저분하게 뒤집어쓴 채 화려했던 불길을 평생 추억하며 사는 것…… 그게 보통 사람들이 사랑하는 모습 아닌가요?"

웅녀는 내 잔에 담긴 맥주를 한 모금 마시며 말했다.

"사랑은 일종의 운명 같은 거예요. 오로지 나만이 짊어지고 가야 할 운명."

"그래요. 일단 웅녀 씨의 말이 진실이라는 전제하에 이야기할게요. 그렇다면 저는 한때 웅녀 씨와 인연을 맺었던, 그러니까 단군의 아버지인,"

"지금은 하느님의 아들인 환웅이라고 불리는 남자죠."

"네? 제가 환웅이었다고요?"

웅녀는 시선을 옆으로 돌리며 한숨을 쉬었다.

"전설은 어디까지나 전설이에요. 당신과 저 사이에 낳은 아들이 조금 특별했을 뿐이죠. 저는 제 아들 이름을 단군이라고 지은 일이 없어요. 혹시 삼국유사에 실린 김제상에 관한 이야기를 아시나요?"

"대충 무슨 내용인지는 알고 있는데, 박제상 아닌가요?"

"삼국사기에는 박제상으로 실려 있고 삼국유사에는 김제상으로 실려 있어요. 왜국에서 눌지왕의 동생을 탈출시킨 김제상이 왜왕으로부터 얼마나 지독한 고문을 받고 죽었는지도 아시겠네요?"

"물론이죠."

"그걸 믿으세요?"

"삼국유사라는 역사책에 실린 내용이니 믿을 수 있는 이야기 아닌가요?"

"당시 고문 과정을 옆에서 하나하나 지켜본 신라인이 과연 있었을까요? 누가 어떤 방법으로 김제상이 그런 고문을 받았는지 알 수 있죠? 누가 계림의 개나 돼지가 될지언정 왜국의 신하는 될 수 없으며, 계림에서 형벌을 받을지언정 왜국의 벼슬이나 녹은 받지 않겠다는 그의 말을 듣고 기록했을까요? 역사란 사실이라는 큰 줄기에 정치적인 필요로 가공된 이야기들이 덕지덕지 붙어서 만들어지는 거예요. 역사적 사실은 눌지왕의 동생 미사흔을 구한 김제상이 신라로 돌아오지 못하고 왜국에서 죽었다는 내용이 전부예요."

일리 있는 말이다. 나는 고개를 끄덕였다. 웅녀는 내게로 시선을 돌리며 말을 이었다.

"당신은 두려움 없이 제게 다가왔던 첫 번째 남자였어요. 정신이 그리 온전하지 않은 사람. 마을에서 한참 어린아이들에게도 놀림을 받는 바보. 그런데 저를 바라보는 당신의 눈빛은 매우 깊었고, 고통과 연민으로 가득 차 있었어요. 마치 제가 어떤 존재이며 어떻게 살아왔는지 모두 알고 있다는 듯한 눈빛이었죠."

웅녀가 아련한 표정을 지으며 눈시울을 붉혔다.

"저는 당신이 두려웠어요. 당신 같은 사람은 처음이었으니까. 저는 신의 대리인이라는 권위를 앞세워 당신을 내쳤어요. 그런데도 당신은 제게 다가오는 일을 멈추지 않더군요. 감히 신의 대리인에게 겁 없이 다가오는 불경한 사내에게 가해진 응징은 가혹했죠. 당신은 한쪽 눈을 잃고 한쪽 팔까지 제대로 쓸 수 없게 됐어요. 그런데도 당신은 제게 다가오는 일을 멈추지 않았어요. 경외의 눈빛 대신 애정 어린 눈빛과 함께. 아직도 저는 당신이 왜 그런 핍박을 받고도 제게 다가왔는지 이유를 모르겠어요. 바보였으니 그리했겠죠. 제가 이렇게 오랜 세월 당신을 기다리고 또 기다리는 것처럼."

"그래서 저를 아니 환웅을 받아들이는 데엔 문제가 없었나요?"

"간단해요. 제가 사람들에게 신이 내게 당신을 점지해줬으니 앞으로 당신을 나처럼 섬기라는 선언을 했죠. 게임 끝."

"아니 그렇게 간단히요?"

"종교인과 위정자가 따로 구분되어 있지 않던 시대였으니까요. 세월이 흐르면서 당신은 점점 늙어갔어요. 저는 구슬을 당신에게 먹여야 하나 말아야 하나 많이 고민했어요. 저는 당신과 영원히 함께하고 싶었으니까요. 하지만 구슬이 당신에게 영원한 생명을 가져다줄지, 영원한 생명이 영원한 사랑으로 이어질지 확신할 수 없었어요. 당신에게 영원한 생명이 축복이 될지 확신할 수도 없었고요. 영원한 생명이 제겐 축복이 아니었으니까요."

"그래서 환웅, 아니 저는 어떻게 됐나요?"

"결국 세상을 떠났죠. 그 후에 저는 신의 뜻이라는 이야기만 남긴 채 아들에게 모든 것을 맡기고 먼 곳으로 향했죠."

"당신이 떠나면 아들은 어떡하고요?"

"아들은 어렸지만 똑똑했어요. 어쨌든 명분상 신의 대리인인 저와 신이 제게 점지한 당신 사이에서 생긴 아들이니 이보다 더 신에 가까운 사람이 어디 있나요? 아들은 그 명분을 충분히 활용해 위대한 지도자가 됐죠. 저는 아들에게 부담이 되지 않도록 멀리 서쪽으로 떠났어요. 그리고 그곳에서 오랜 세월을 보냈죠. 그곳에서도 저는 신과 가장 가까운 여자로 명성을 날렸죠."

"서쪽이라면 중국?"

"네. 그런데 그곳에서 당신을 다시 만나게 됐어요. 이번에도 당신이 저를 찾아왔거든요."

"그래요? 제가 한때 중국인이었다는 말인가요?"

"중국인이라기보다는 한국인과 더 가까운 종족의 나라였죠. 당시 중국 땅은 지금보다 훨씬 습하고 더운 땅이어서 열대 지방처럼 코뿔소과 코끼리도 돌아다녔어요."

"코뿔소와 코끼리요? 세상에나."

"믿지 못하는 눈치네요. 아무튼, 당신은 무정이라는 이름을 가진 왕이었어요. 그가 저를 찾아왔을 때 저는 그 사람이 당신이라는 사실을 바로 알아챌 수 있었어요."

"제가 왕이었다고요? 이거 정말 대단한데요?"

"물론 당신은 저를 알아보지 못했어요. 하지만 처음에는 지혜만을 원해 저를 찾아왔던 당신도 나중에는 저에게 반해 청혼하게 됐죠."

"그래서 웅녀 씨는 왕비가 되신 건가요?"

웅녀는 깔깔거리며 한참 동안 웃었다.

"왕비요? 당신에겐 60명이 넘는 부인이 있었어요. 저는 그중 한 사람이었고요. 물론 나중에 정실부인이 되긴 했지만."

"제 전생이 그토록 화려했다니! 웅녀 씨가 그 많은 경쟁률을 뚫고 저의 정실부인이 됐다고요?"

"어제 말씀드렸죠? 어지간한 짐승을 잡는 일은 제게 식은 죽 먹기라고. 저는 당신과 함께 늘 전장을 뛰어다니며 무수한 전투를 치렀어요. 그 공으로 정실부인 자리를 차지했죠."

나는 웅녀의 얼굴과 아담한 체구를 훑으며 실소를 터트렸다. 이제는 전쟁터를 종횡무진 활약하던 여장군이라니. 심각한 표정으로 진지하게 이야기하는 웅녀의 모습이 어처구니없지만 귀여웠다. 나는 다시 터져 나오려는 웃음을 참으며 웅녀에게 물었다.

"결국 무정, 아니 저도 죽었겠군요."

"너무 괴로워 견딜 수 없었어요. 당신에게 구슬을 먹여야 하나 말아야 하나 번민했죠. 다시 만난 당신을 다시 놓치고 싶지 않았으니까. 하지만 저는 처음 당신을 떠나보낼 때와 같은 이유로 구슬을 당신에게 먹일 수 없었어요. 그뿐만 아니라 세월이 지나도 늙지 않는 저에 관한 온갖 억측과 소문이 왕궁에 난무했죠. 떠날 때가 됐죠. 결국 저는 당신이 죽던 날 몰래 왕궁을 빠져나왔어요. 순장도 피해야 했고."

"순장이요?"

"왕이 죽으면 수십 명쯤 함께 무덤에 파묻는 게 당연한 시대였어요."

"진짜 살벌했네요. 이번에는 어디로 가셨나요?"

"처음과 반대로 동쪽으로 움직였어요. 백성들 사이에선 제가 당신이 죽던 날 하늘로 사라져버렸다느니 혹은 동쪽으로 떠나는 저를 목격했다느니 하는 소문이 돌았죠. 그리고 그 소문은 전설이 됐고요."

"그 전설이 혹시 불로초에 관한 전설로 와전된 건가요?"

"그런 셈이죠. 늙지 않는 왕비가 동쪽으로 멀리 도망갔다는 소문이 세월이 흘러 동쪽 끝에 불로초가 있다는 전설로 변해버렸어요."

"그 이후로도 저를 만났나요?"

"네. 그 이후로는 당신을 조금 더 자주 만나게 됐어요. 하지만 이름은 잘 기억나지 않아요. 무정 같은 왕이 아니라 모두 평범한 사람들이었으니까요. 100년 만에 만난 일도 있고, 300년 만에 만난 일도 있고요. 심지어 당신이 여자로 나타난 일도 있었어요. 그땐 당신과 자매처럼 지냈죠. 그렇게 오랜 세월 당신과 만나면서 깨달은 게 있어요."

"무엇이죠?"

"당신이 죽을 때까지 당신과 함께하기보다는 당신과 잠시 스치는 인연으로 만나는 게 가슴이 덜 아프다는 사실을요. 저는 이미 제 앞에서 죽어가는 당신의 모습을 여러 번 지켜봤어요. 당신이 가졌던 많은 이름을 모두 기억하진 못하지만, 이별의 순간에 관한 기억만큼은 제 가슴에 모두 아직도 깊게 남아 있어요. 마치 나무에 박힌 못을 뽑아내도 그 흔적은 그대로 남아 있듯이 말이죠. 저는 당신과 짧게 만나되 영원히 만나는 길을 선택했어요. 아무리 오랜 세월이 흘러도 당신은 언젠가 반드시 지금과 또 다른 모습으로 제 앞에 나타날 테니까요. 그렇게 되면 저는 늘 당신에게 새로운 여자이고 당신은 제게 새로운 남자일 테니 얼마나 설레는 일인가요? 단군 씨, 저는 내일 바의 문을 닫을 거예요."

"네? 바를 닫는다고요?"

"이만큼 당신을 봤으면 족해요. 제가 천년만년 여기서 장사할 줄 아셨어요? 내일은 일요일이니 별일 없으시죠?"

무슨 이렇게 자기 멋대로인 여자가 있나? 당황해 아무런 말도 못 하는 내게 웅녀가 우산을 건넸다.

"내일 오후 2시에 동대문구청에서 가까운 청계천에서 만나요. 그곳에 고산자교라는 다리가 있어요. 그 다리 아래에서 기다릴게요. 곧 비가 내릴 것 같으니 이 우산을 가져가세요."

"비요? 오늘 일기예보에서는 그런 얘기 없었는데……."

"일기예보보다 제가 더 정확할걸요?"

웅녀는 바 바깥까지 나와 나를 배웅했다. 얼떨결에 바에서 밀려나온 나는 정신을 차릴 수가 없었다. 잠시 후 콧잔등 위로 물방울이 하나 떨어졌다. 곧 소나기가 거리를 뒤덮기 시작했다. 나는 급하게 우산을 펼쳤다.

나는 다음 날 오후 2시에 약속 장소에 도착했다. 웅녀의 말이 진실이든 아니든 간에 실제로 중국 은나라 때

무정이라는 왕이 있었다는 사실을 웹서핑으로 알게 됐다. 무정에게는 부호라는 이름을 가진 왕비가 있었고, 그 왕비는 중국 최초의 여장군이라고 불릴 정도로 여걸이었다는 사실도 함께 알게 됐다. 또한 은나라는 한족이 아닌 동이족의 나라라는 주장도 많았다. 이유야 어찌 됐든 웅녀는 역사에 관한 지식이 풍부한 여자임이 분명했다. 그런데 그녀가 갑자기 바를 닫겠다니. 만날 때마다 허무맹랑한 이야기를 하는 여자이지만 이대로 인연의 끈을 놓치고 싶진 않았다.

"제가 조금 늦었죠?"

웅녀는 화사한 화이트 원피스 차림으로 내 앞에 모습을 드러냈다. 웅녀는 수줍은 미소를 지으며 고개를 숙였다. 이런 여자가 장군이라고? 곰의 가죽을 뒤집어쓴 채 사람들을 호령했다고? 나는 어이가 없어 헛웃음을 터트렸다.

"왜 웃으세요?"

"아! 아니에요. 그런데 정말 바를 정리하실 건가요?"

"물론이죠. 그리고 오늘은 단군 씨와 작별 인사를 하려고요."

"네? 작별 인사라니요?"

바를 닫는 데 이어 작별 인사까지? 나는 겨우 며칠 만나놓고 붙잡겠다고 나서면 우스운 일인 것 같아 무언가 말을 꺼내려다 주저했다. 그때 맞은편에서 자전거를 타고 다가오던 노인이 갑자기 웅녀 앞에서 페달을 멈췄다. 자전거에서 내린 노인은 웅녀의 얼굴을 빤히 쳐다보다 머리를 긁적이며 혼잣말을 되뇌었다.

"그럴 리가 없는데…… 그럴 리가 없는데……."

웅녀는 어색하게 미소를 지으며 노인에게 묵례하고 자리를 피했다. 노인이 갑자기 웅녀의 손목을 붙잡았다. 나는 다급하게 웅녀의 손목에서 노인의 손을 떼어냈다.

"어르신! 이게 무슨 짓입니까!"

노인은 그럴 리가 없다는 혼잣말만 반복하며 표정을 무너뜨렸다. 웅녀는 핸드백에서 지갑을 꺼내 노인에게 주민등록증을 보여줬다.

"누구와 착각하셨는지 모르지만, 어르신께서 아시는 분인지 직접 확인해보세요."

나는 노인과 함께 웅녀의 주민등록증을 살폈다. 주민등록증에는 웅녀 대신 김민정이라는 이름과 96으로 시작하는 주민등록번호가 적혀 있었다. 확인을 마친 노인은 낙담하며 말없이 뒤돌아섰다. 나는 웃음을 터트렸다.

"웅녀 씨, 아니 이제는 민정 씨인가요? 저랑 동갑이셨네요?"

웅녀의 낯빛이 어두웠다. 웅녀는 자전거를 끌고 멀어져 가는 노인의 뒷모습을 바라보며 쓸쓸한 표정을 지었다.

"당신의 막내 동생이에요."

"네? 그게 무슨?"

"우리 일단 걸으면서 이야기해요."

저 노인이 내 막내 동생이라고? 나는 반세기 만에 나와 만나 반갑다던 웅녀의 말을 떠올렸다. 나는 멀어져 가는 노인을 쫓아가 가족관계를 물어보려 했으나, 웅녀가 내 손을 붙잡았다. 웅녀는 장난스럽게 웃으며 헛바닥을 내밀었다.

"세상에 영원히 사는 사람이 어디 있어요? 아까 제 주민등록증 보셨잖아요? 장난이에요 장난. 손님으로 찾아온 단군 씨가 솔직히 제 스타일이라 친해지려고 엉뚱한 소리를 해본 거예요."

지금까지 들려준 모든 이야기가 장난이라고? 빈정이 상한 나는 퉁명스럽게 웅녀에게 물었다.

"바를 정리한다는 말은 사실인가요?"

"당연히 아니죠. 그 건물은 제 고모 건물이에요. 바는 고모 덕에 차릴 수 있었고요. 대학을 졸업한 후에 취직이 되지 않아 이것저것 해보다가 차린 게 그 바예요. 제가 무슨 돈이 있어 그런 바를 차려요. 고모 덕에 겨우

개업한 바인데 열심히 해야죠. 혹시라도 오해하셨다면 정말 미안해요. 그냥 저는 단군 씨를 놀리고 싶어서 엉뚱한 소리를 해본 거예요. 설마 정말로 제 이야기를 믿으신 거예요?"

"그러면 그렇지! 민정 씨 장난이 너무 심하시네요! 이제 민정 씨라고 불러도 되죠? 민정 씨는 정말 작가를 하셔도 되겠어요. 처음에는 민정 씨 이야기가 허무맹랑하게 들렸는데, 조금 전에는 진짜인 줄 알고 할아버지 뒤를 쫓아갈 뻔했어요."

"부르고 싶은 대로 부르세요. 거짓말이란 게 들켜서 김이 새긴 했는데, 그래도 서복에 관한 이야기를 마저 들어보실래요? 뻥인 걸 알고 들어도 재미있을 거예요."

나는 가벼운 마음으로 그녀의 말에 귀를 기울였다.

"서복은 제가 머무는 제주도의 동굴로 찾아왔어요. 그는 저를 만나자마자 불로초를 아느냐고 묻더군요. 처음에 저는 아는 게 없다고 발뺌했지만, 그는 어떤 경로를 통했는지 몰라도 저의 정체에 대해 어느 정도 짐작하고 있었어요. 저는 그 구슬에 미련이 없었어요. 그저 제 운명은 오로지 제가 감당해야만 하는 일이라고 여겨왔기 때문에 구슬을 계속 지니고 있었을 뿐이죠. 한편으로는 구슬을 시험해보고 싶은 마음도 있었어요. 정말 구슬이 불로장생의 힘을 가졌는지 궁금했거든요. 제 운명을 누군가와 공유한다면 덜 외로울지도 모르겠다는 이기적인 생각도 조금 있었고요."

서복은 이미 환갑에 가까운 노인이었다. 그는 조금도 물러설 생각이 없어 보였다. 물론 그에겐 진시황에게 불로초를 가져다줄 생각도 전혀 없는 것 같았다.

"이미 서복이 동굴 주위에 군사를 잔뜩 배치해놓은 터라, 제가 몸을 피하기도 어려운 상황이었어요. 저는 서복에게 후회하지 않을 자신이 있냐고 물었죠. 그는 망설임 없이 고개를 끄덕이더군요. 저는 미련 없이 서복에게 구슬을 던졌어요. 서복은 구슬을 받자마자 삼키더니 비명을 지르며 쓰러졌어요. 저는 혼란스러워진 틈을 타 재빨리 비밀통로로 그곳에서 빠져나왔고요."

"서복은 처음에 무척 실망했겠군요."

"아마도요. 겉으로는 아무런 변화가 없었을 테니 말이죠. 아무것도 얻은 게 없으니 어차피 진시황에게 돌아가 봐야 그에게 돌아올 대가는 죽음뿐이었어요. 게다가 저는 작정하고 숨어버렸으니 서복은 저를 찾을 수가 없었죠. 결국 서복은 배를 몰아 진나라에서 가장 멀리 떨어진 왜국으로 도망치듯 떠났어요."

"그리고 세월이 흘러 자신이 더 늙지 않는다는 사실

을 깨닫게 됐겠네요?"

"빙고! 서복에겐 영생이 더 큰 불행이었어요. 나이 들어 몸이 불편한 상태로 영원히 살게 됐으니."

"이후에 서복을 만난 일이 있나요?"

"네. 몇 번 더 만났어요. 첫 번째는 그로부터 약 100년 정도 흐른 뒤였어요. 당시 그는 거지꼴로 혼자 제주도까지 저를 찾아왔어요. 그는 제게 왜 젊어지지 않느냐고 따지며 절규하더군요. 저는 후회하지 않겠다던 기개는 어디로 갔느냐고 비웃어줬죠. 그는 죽음을 원했어요. 저는 그동안 제가 살아온 이야기를 기억나는 대로 모두 서복에게 들려줬지요. 제 말을 듣고 체념한 서복은 결국 다시 왜국으로 돌아가버렸어요."

"그다음에는?"

"그로부터 오랜 세월이 흐른 뒤에 만났어요. 저는 그때 왜국에서 음양사로 있었어요."

"음양사요? 무당과 비슷한 일을 했나요?"

"점술을 보기는 하죠. 하지만 실제 음양사는 천문학이나 기상학, 지리학을 연구해 이를 농업이나 군사전략 수립과 같은 현실에 응용하는 과학자와 비슷한 존재였어요. 한곳에 머물러 사는 일이 따분해 왜국에서 살았던 일도 있거든요. 그곳에서 우연히 음양사 일을 하고 있던 서복을 만났죠. 그때는 서로 말없이 스쳐 지나갔어요."

"마지막은 언제죠?"

"몇 년 전이에요. 홀로 일본에 배낭여행을 떠났다가 들른 절에서 만났죠. 이제는 승려가 돼 있더군요."

"음양사에서 승려요?"

민정은 씁쓸한 표정으로 웃었다.

"몸을 감추기 가장 쉬운 곳이 그런 곳이니 어쩔 수 없죠. 제가 그동안 무당이나 비구니로 살아온 세월이 얼마나 긴지 아세요?"

"어휴! 그런 표정 짓지 말아요. 거짓말을 그렇게 정색하며 말하니 당황스러워요. 아! 벌써 청계천이 다 끝나가네요."

청계광장을 알리는 원뿔 모양의 조형물이 점점 가까워지고 있었다.

"이제 가볼게요, 추영랑."

"네? 이제는 추영랑인가요? 그 이름도 한때 제 이름이었나요?"

"저는 광화문역에서 지하철을 타고 갈게요."

"제가 바래다드릴게요."

"괜찮아요."

"그러면 내일 저녁에 민정 씨에게 들를게요. 내일은 민정 씨가 무슨 이야기보따리를 풀어놓을지 벌써 기다려지는데요?"

내게서 멀어져가던 민정이 걸음을 멈추고 뒤돌아 환한 미소를 지으며 말했다.

"기다림은 저 혼자로 족해요. 다음에 봐요."

다음 날 저녁, 바의 문은 잠겨 있었다. 문 앞에는 그동안 찾아주신 손님들께 감사하다는 메모가 붙어 있었다. 바에 오면 당연히 그녀를 만날 수 있다는 생각에 따로 전화번호를 받아놓지 않은 터라 연락할 길이 없었다. 나는 힘없이 거리를 거닐었다. 거리에선 유난히 손을 잡고 걷는 연인들의 다정한 모습이 자주 눈에 띄었다.

나는 벤치에 앉아 스마트폰을 꺼내 전화번호를 뒤적이다가 포털사이트 메인 페이지에 걸린 뉴스를 봤다. 어제 오후 경북 울진에서 세월에 마모됐지만, 원형이 잘 보존된 신라 시대의 비석이 발굴됐다는 내용의 뉴스였다. 비석에는 추영과 보현이 언젠가 다시 만날 것을 약속하는 내용이 담겨 있었다.

추영은 사서나 금석문 어느 곳에서도 발견되지 않는 인물명이고, 보현은 지증왕의 딸인 보현공주로 추정된다는 게 전문가들의 의견이었다. 보현은 수지공과 혼인해 영실공을 낳았다고 기록돼 있는데, 전문가들은 연인 사이였던 추영과 보현이 현실에선 사랑을 이루지 못해 비석으로나마 둘의 변치 않을 사랑에 대한 맹세를 새긴 뒤 땅속에 묻은 것이 아니냐는 낭만적인 분석을 하고 있었다.

15년 전, 영화「맨 프럼 어스」를 보고 신선한 충격을 받았다. 구석기 시대 유럽에서 태어나 1만 년 넘게 살아왔으며, 심지어 인류 역사의 물줄기를 바꾼 중요한 인물이기도 했음을 암시하는 주인공. CG도 없이 한 공간에서 몇 명의 대화로만 진행되는 저예산 영화인데도 그 어떤 SF보다 흥미롭고 환상적이었다.

나도「맨 프럼 어스」처럼 소설로 우리 역사와 신화 속의 인물을 현대에 되살려보고 싶었다. 시간을 거슬러 올라가며 여러 인물을 살피던 나는 그 끝에서 우리 민족의 시원(始原)인 웅녀를 만났다. 만약 웅녀가 지금까지 살아있다면 어떤 모습으로 살아가고 있을까. 또 어떤 삶을 살아왔을까. 이 질문 앞에서 내 상상력은 여러 갈래로 뻗어나갔다. 상상력이 닿은 부분에서 만난 여러 이야기를 차곡차곡 모아서 엮었다. 모아놓고 보니 동아시아 지역 전체를 아우르는 지독한 사랑 이야기가 됐다.

20대 후반에 첫 문장을 끼적인 소설을 마흔이 넘어서야 완성했다. 완성해서 세상에 내놓는 데 이렇게 오래 걸릴 줄 몰랐다. 핑계이지만 먹고살기 위해 여러 일을 벌이고 수습하느라 정신없어 소설을 잊고 방치했다. 현재 내 장편소설을 원작으로 드라마 각본 집필 작업 중인데, 작업이 바빠지면 이야기가 영원히 미발표로 남을지도 모른다는 불길한 예감이 들었다. 우연히 접한 『이달의 장르소설』 공모 덕분에 겨우 미발표 신세를 면했다. 오랜만에 다시 만난 웅녀가 반가웠다.

작은 것들의
레퀴엠

범유진

창비 신인문학상으로 작품 활동을 시작했다. 지은 책으로 『두메 별, 꽃과 별의 이름을 가진 아이』, 『우리만의 편의점 레시피』, 『선 샤인의 완벽한 죽음』, 『아홉수 가위』 등이 있으며, 함께 지은 책 으로 『슈퍼 마이너리티 히어로』, 『열다섯, 그럴 나이』 등이 있다. 틈새에 쭈그려 앉아 밖을 보며 글을 쓴다.

손톱을 깎는다. 툭, 툭. 아주 짧게. 손톱 아래 살이 붉게 부풀어 오르고, 손톱이 펼쳐놓은 휴지 위로 떨어진다. 손톱 한 조각을 집어 들고 형광등 불빛에 비추어 본다. 손톱은 달을 닮았다. 차오르기를 기다리고 있는 초승달. 손가락 끝에 매달린 손톱은 가로줄이 눈에 보이도록 갈라져 빗줄기 내리는 어둑한 창 같은데, 거기서 떨어져 나온 조각은 이렇게 예쁘다니.

제일 작은 손톱 조각에는 붉은 색이 남아 있다. 함께 봉숭아물을 들였던 흔적이다. 한 해가 끝날 때까지 남아 있으면 사랑이 이루어진대, 라고 말하던 목소리. 그 수줍게 사랑스러웠던 목소리가 그렇게나 날카롭게 변할 줄은 몰랐다.

열 개의 조각이 휴지 위에 놓인다. 휴지를 한 손에 곱게 받쳐 들고 베란다로 다가간다. 창문을 연다. 휴지 위 손톱을, 창밖으로 흩뿌린다.

'떨어져라. 어디로든. 아주 먼 곳까지 가도 좋아.'

상체를 길게 창밖으로 빼, 손톱이 어디로 떨어지는지 봤다. 손톱은 작디작았고 밖은 너무나 어두웠다.

손톱이 아니라, 사람이 떨어져도 모를 정도로.

1

"나나 씨. 방금 지하철역에 있었지? 방금. 그러니깐 아홉 시 반쯤에."

회의 시작 5분 전이었다. 휴학을 한 뒤 아르바이트를 하고 있는 K스포츠 신문은 말이 좋아 신문이지 3류 광고 게시판이나 진배없는 곳이다. 사실 여부 상관없이 무조건 클릭 수가 많이 나오게 유도하는, 자극적인 제목을 단 기사들을 쏟아내는 그런 곳. 그러다 가끔 소 뒷걸음질로 쥐 잡듯 특종이라도 터지면 이게 바로 언론의 힘이라고 큰소리치는 사람들이 모인 곳. 그런 곳에서 일 년 가까이 인턴 생활을 하고 있는 건 회사에서 정규직 전환을 미끼처럼 흔들기 때문이다.

"방금이요? 저 특집 아이템 목록 뽑느라 오늘 일곱 시에 출근했는데."

나는 테이블 위에 놓인 '여름 특집' 파일을 가리켰다. '여름 특집'은 K스포츠 신문이 가장 힘을 쏟는 기획이다. 엽기 살인의 진실, 공포 스팟 촬영, 세계의 미스터리 등등을 다루는데, 다른 기사는 다 데스크에 앉아 SNS를 긁어 쓰지만 이 기획만은 온 직원이 현장에 나가 몸으로 뛴다. 귀신의 집 체험 기사가 대박이 나서 일 년치

수익을 한 달 만에 번 후로 생겨난 현상이란다. 네티즌은 'K스포츠에서 볼 만한 건 여름 특집뿐이다'라며, K스포츠가 공포, 심령 전문 채널로 바뀌지 않는 것을 의아해했다. 일 해본 바 그 이유는 간단하다. 팀장도 부장도 자기 명함에 박혀 있는 'K스포츠 기자'라는 직함을 너무나 사랑하기 때문이다. 팀장은 내게도 명함을 만들어줬는데, 명함을 주면서 한 달 치 월급쯤을 보너스로 주는 듯이 굴었다. 나는 그 명함 한 곽을 그대로 가방에 밀어 넣었다.

"분명히 나나 씨였는데. 아는 척하려고 했는데 엄청 빠른 걸음으로 사라지더라고. 망사 스타킹 엄청 잘 어울리던데. 나나 씨, 혹시 이중생활 해? 밤에는 업소 나가고 그러는 거 아냐?"

"저 아니라고요! 예전부터 많이 들었어요. 너 닮은 사람 봤다고."

일주일 내내 온갖 인터넷 괴담 사이트를 돌아다니고 에이포 용지 열 장에 빼곡히 아이템을 정리하느라 밤을 샜는데 회의 직전에, 팀장이 한다는 말이 고작 망사 스타킹이라니.

"그래? 나나 씨가 흔한 얼굴은 아닌데 신기하네. 조심해. 도플갱어 세 번 만나면 죽는다고 하잖아. 어, 뭐야.

저 사건, 수배 전단 떴네?"

팀장의 관심은 회의실 한쪽에 놓인 텔레비전으로 옮겨갔다. 6개월 전 일어났던 살인사건이 보도되고 있었다. 회의실에 있던 사람들의 시선이 동시에 텔레비전 화면으로 향했다. 화면에 뜬 공개수배 전단에는 한 여자의 얼굴이 그려져 있었다. 약간 좁은 이마에 쌍꺼풀 없이 커다란 눈, 오른쪽이 왼쪽보다 살짝 더 두껍게 그려진 입술이 특히 눈에 띄었다.

"목격자가 헛소리만 한다더니. 용케 몽타주가 나왔네."

6개월 전, 서울의 M고등학교에서 무차별 살인이 벌어졌다. 범인은 당당하게 학교 정문으로 들어가, 곧장 교무실로 향했다. 점심시간이 막 끝나, 교사들은 수업에 들어갈 준비를 하고 있었다. 첫 희생자는 복도를 걸어가고 있던 체육 교사였다. 그는 복부에 칼이 찔려 죽었다. 찔린 후에도 잠시간 몸부림을 친 듯 핏자국은 복도 끝까지 이어져 있었다. 범인은 곧장 교무실 안으로 들어갔고, 그 안에 있던 교사 여섯 명을 더 죽였다. 교무실에서 살아남은 사람은 한 명뿐이었는데, 그는 전임해온 지 일 년이 되지 않은 신입 교사였다. 범인은 유유히 학교를 떠났다. 유일한 목격자는 동료들의 죽음을 눈앞에서 본 충격에 몸져누웠고, 범인에 대해 제대로 증언

하지 못했다. 그는 범인이 온몸이 털로 뒤덮인 괴물이었다는 말만을 반복했다고 한다.

"저기, 나나 씨 졸업한 고등학교라고 하지 않았어?"

나는 말없이 고개를 끄덕였다. 내가 졸업한 고등학교는 맞다. 사망한 교사들은 모두 십 년 이상 근속한 사람들이었다고 하니, 그중에는 나를 가르쳤던 사람도 있을 수 있다. 하지만 단언할 수는 없다. 희생자들의 얼굴이 공개되지 않아서만은 아니다.

"무차별 살인이라고 하기에는 교사들만 죽었잖아, 저거."

"맞아요. 학생들은 교무실에서 무슨 일 있었는지도 몰랐다 하더라고요."

"그럼 그게 범인인지 아닌지 부정확한 거 아닌가. 근데, 이 수배 전단 속 여자……."

텔레비전 화면 안으로 들어가기라도 할 기세로 수배 전단을 뚫어져라 보던 팀장이 뒤를 돌았다. 팀장과 눈이 마주친 순간 무언가 헛소리가 날아올 것임을 예감했지만 방어하기엔 늦었다. 팀장은 하여간 말만은 참 빨랐다.

"저 여자, 나나 씨랑 닮지 않았어?"

사람들의 시선이 일제히 내 얼굴로 향했다.

"팀장님. 왜 그래요. 이제 겨우 스물두 살 애기를 살인범 취급이라니."

"맞아. 장난도 너무 심하면 좀 그래요. 근데…… 좀 닮긴 닮았네."

"입술 때문에 그러나. 나나 씨, 혹시 고등학교 때 싫어했던 교사들 없애 버린 거 아냐?"

팀원들도 한두 명씩 내 얼굴과 수배 전단을 번갈아 보며 한마디씩 얹었다. 농담이라는 걸 알지만, 짜증이 났다. 나는 그 모든 말들을 못 들은 척했다. 내가 웃지도, 아무 대꾸도 하지 않자 회의실 분위기는 일순간 가라앉았다. 사람들은 슬그머니 회의 자료로 눈을 돌렸고, 드디어 회의가 시작되었다.

'닮기는 무슨. 좀 닮은 것 같긴 해도 몽타주는 그림이잖아.'

화면 속 몽타주를 떠올렸다. 얇은 선으로 만들어진 여자의 얼굴. 그 얼굴은 확실히 나와 닮았다. 만약 내가 음모론 신봉자였다면 나도 나를 의심했을지도 모른다. 내가 교사들을 향한 원망에 사로잡혀 살인을 한 뒤 그 기억을 깡그리 잊어버린 것은 아닐까 하고. 하지만 아무리 생각해도 그건 무리였다.

'기억을 해야 원망을 하든 말든 하지.'

기억하지도 못하는데 상대를 원망하는 게 가능할까.

나는 대학교 입학 전의 기억이 없다. 만 열여덟 살을 기점으로, 그 전의 기억은 구멍 아래, 어둠 속에 파묻힌 채다. 내가 기억하는 건 수능 시험을 끝내고 오는 길에 교통사고를 당했다는 것뿐이다. 교통사고를 당한 후 한 달 만에 정신을 차렸고, 어영부영 대학교에 입학했다. 시간이 지나면 자연스럽게 기억이 돌아오겠거니, 하고 믿었다. 하지만 아니었다. 대학교 일학년 내내, 나는 잃어버린 과거와 눈앞에 닥쳐온 현실을 소화시키지 못해 허덕였고 결국 이학년 올라가는 해에 휴학 신청을 했다. 휴학을 하고 한 달쯤, 아무것도 안 하고 집에 틀어박혀 내가 아는 나를 곱씹었다.

이름은 오나나. 부모님은 어릴 적에 돌아가셨고, 부모님이 남긴 보험금 중 일부가 매달 생활비로 지급되고 있고, 작은 원룸에서 혼자 지내는 천애고아. 방에 누워 그 사실들을 곱씹고 있자니 아버지 잃은 소공녀 세라라도 된 듯 서글퍼졌다. 계속 아무것도 안 하고 있으면 서글픔에 집어 삼켜질 것 같았다. 뭐라도 하자 싶어 아르바이트 사이트를 뒤졌고, K스포츠 신문사 공고를 봤다.

"나나 씨, 듣고 있어? 괜찮은 아이템 뭐 있냐고!"

팀장의 고함 소리에, 나는 급하게 앞에 놓인 파일을

들여다봤다.

"사거리 자살소녀. 이거 어때요. 한 아파트에서 매달 같은 날, 한 소녀가 뛰어내리는 모습을 목격한 사람들이 있다는데요."

어라, 이게 뭐지. 내가 쓴 적이 없는 내용이었다. 혹시 남의 것과 뒤섞였나 싶어 파일을 뒤적이는데, 팀장이 짝 손뼉을 쳤다.

"그거 좋네! 촉이 팍 와. 나나 씨, 그거 한번 취재해봐. 일단 일주일 줄게. 그 아파트 근처 사람들 몇 명 붙잡고 인터뷰하면, 괜찮게 각색할 거 하나쯤 나오지 않겠어?"

하기 싫어요, 라는 말이 입 밖으로 튀어나올 뻔했다. 간신히 억눌렀다. 사무실에 앉아 기사를 짜깁거나, 항의 전화를 받느니 취재를 나가는 게 나았다. 게다가 정규직 전환도 걸려 있는 일이 아닌가. 복학을 해도 그럭저럭한 대학의 그럭저럭한 미디어 학과의 취업률은 뻔할 터이니 이런 보험을 놓칠 순 없었다.

"해보겠습니다."

나는 고개를 끄덕이며, 종이 위 글씨를 바라보았다. 사거리 자살소녀. 사거리 초목 아파트 4동 1401호. 소녀가 뛰어내린다는 집. 그곳이 내가 조사해야 할 곳이었다.

범유진

2

부동산 중개인은 계속 내 얼굴을 힐끔힐끔 쳐다보았다.

"그러니깐 벌써 한 4년 전이죠. 기자님이 말한 초목 아파트 4동 1401호에 일어난 사건. 뉴스에도 좀 나고 그래서, 기자님도 아예 모르시진 않을 것 같은데. 일가족 참사 사건이요. 바깥양반이 아내와 아들, 딸을 모두 해치고 자기는 자살한 사건. 딸만 살아남았죠. 그 양반이 베란다에서 몸을 던졌어요. 신고 받고 집에 들어간 경찰이 발견했을 때에는 딸 온몸에 칼자국이 가득했대요. 그 딸내미 증언 아니었으면 동반자살로 처리되었을 걸요. 이 근처가 발칵 뒤집어졌었어요. 그 사건으로. 그 아파트, 좀 산다 하는 사람들이 사는 데니깐. 바깥양반, 그 사람도 별 문제 없어 보였거든요. 경찰 조사로도 별 거 안 나왔대요. 회사도 멀쩡했고 가족들 사이도 좋았고, 돈 문제도 없었고, 바깥양반이 아들을 엄청 예뻐했거든요. 그 집 아들이 공부에 운동도 못 하는 것 없고 훤칠하니 생겼었는데. 그런 양반이 자기 아들을, 자기 손으로…… 어휴, 상상도 안 되지 뭡니까. 그래서 뭐, 소문이 여러 가지 돌았죠."

"소문이요?"

"그 집 양반이 약을 했다고. 근데 경찰이 그거는 아니라고 발표를 했어요."

부동산 중개인은 말을 멈추고는 또 나를 봤다. 그 시선이 불쾌했다. 노골적인 호기심을 완벽하게 감추지도 못하고, 감출 생각도 없는 시선이었다.

"……저기, 기자님. 주신 명함에 쓰여 있는 이름 이거, 기자님 본명 맞죠?"

"맞아요. 제 본명. 이름이 좀 특이하죠?"

"죄송합니다. 그, 기자님 얼굴이 너무 닮아서요."

"닮아요? 누구랑요?"

또 공개수배 전단 이야기인가 싶었다. 하지만 남자의 대답은 생각지 못했던 것이었다.

"그, 살아남은 딸. 걔 이름이 오하나인데. 하나와 닮으셨어요. 그 사건 났을 때 하나가 고등학교 2학년이었나. 머리 길이 좀 짧은 거 빼면 기자님이랑 얼굴이 엄청 비슷해요. 하긴, 걔 본 지 3년이 넘어가니, 내 기억이 가물가물한 건가도 싶네요."

"그 오하나라는 분은 어떻게 되셨는데요?"

"고등학교 졸업까지는 여기 살았던 게 확실한데. 가끔 오고 가는 거 봤죠. 저기, 분식집 보이죠. 빨간 간판. 저기가 여기 중심상가 터줏대감인데. 저 집 딸, 이미경.

미경이가 그 애하고 친했어요. 사건 터지고 나서도 미경이가 하나를 잘 챙겨줬어요. 등하교도 꼭 같이하고. 근데 미경이도 그런 일이 생겨서."

쯧, 부동한 중개인은 혀를 찼다.

"수능 끝나고는 하나를 못 봤으니깐, 할머니 집으로 가지 않았을까 싶네요. 할머니한테 그 집 명의가 갔었는데, 하나가 스무 살 되던 해에 명의가 하나 앞으로 변경되었거든요. 아무래도 저 집에 계속 살기야 힘들었겠죠. 어디 그런 일 일어난 곳에서 제정신으로 살 수 있겠어요?"

"그럼 그 집, 4동 1401호에는 지금 누가 사나요?"

"내가 아는 대로라면 아무도 안 살아요. 세도 안 내놨고. 아깝긴 한데 사고매물이라 적극적으로 내놓으라 하기도 뭐해서, 나도 전화해보거나 하진 않았어요. 아파트 사람들도 다 쉬쉬하니깐. 집값 떨어진다고. 기자님도 취재할 때 조심하세요. 아파트 안 사람들은 좀 예민할 테니깐."

"오하나 씨가 다니던 학교가 상가 지나서 횡단보도 건너면 있는 거기 맞죠?"

"맞아요. 6개월 전에 사고 난 곳. 참, 그 살인마 어제 몽타주 나왔던데."

"이만 가볼게요. 협조 감사합니다. 안녕히 계세요."

나는 재빨리 인사를 하고 밖으로 나왔다.

'이걸 괴담 취재로 만들려면 학교는 가봐야겠네.'

온 가족을 살해한 아버지. 유일하게 살아남은 딸.

그런 아이가 다녔던 학교다. 학교 안에는 분명 오하나를 둘러싼 수많은 소문이 떠돌고 있을 것이다. 그 소문만 잘 긁어모아 그럴싸하게 편집만 해도 꽤 괜찮은 그림이 나오지 않을까. 그런 생각을 하면서도, 나는 한참 동안 학교로 발걸음을 옮기지 못하고 상가 도로 한쪽에 우두커니 서 있었다.

내가 졸업한 학교. 하지만 아무 기억도 없는 학교.

과거에 대한 기억이 없다는 건 그런 것이다. 아무렇지 않게 길을 걷고 있는데, 갑자기 발을 잘못 디뎌서 하수도 홀 안으로 온몸이 푹 꺼지는 그런 것. 누군가 나를 보고 반갑게 인사하는데, 나는 그 사람에게 어색한 미소만 지어 보여야 한다. 저 학교에 가면 그런 미소를 백 번쯤은 지어야 할지도 모를 일이다.

'그 애, 4년 전에 고등학교 2학년이라고 했지. 그럼 나랑 동갑이잖아. 나와 닮았다며. 그럼 나와 엮여서 소문이 돌았을 수도 있어. 그때 애들은 다 졸업했어도 교사들은 있을 거 아냐. 교사들 중에 누군가 물어보면 어떻

게 대답하지? 다 기억이 안 난다고? 엄청 이상한 눈으로 보겠지. 아, 싫다.'

휴학을 하기 전, 나를 지치게 했던 상황들이 꼭 그랬다. 같은 고등학교를 나왔다는 애들과 마주칠 때의 난처함, 기억 없는 나를 보던 그 애들의 이상한 시선. 그 애들은 내가 이름을 밝힌 순간부터 그런 시선으로 나를 봤다. 그 시선들이 와 박힐 때면 누군가 긴 손톱으로 할퀴기라도 한 듯 몸 안쪽이 아렸다. 결국 나는 학교가 있는 방향에서 몸을 돌려 섰다. 빨간 분식집 간판이 눈에 들어왔다.

'오하나가 저 집 딸과 친했다고 했지. 이름이 이미경이라고.'

나는 분식집으로 향했다. 학교 찾아가는 걸 미루기에 딱 좋은 핑계였다. 분식집은 밖에서 보기에도 손님 없이 한가했다. 분식집 문을 열고 한 발 들어간 순간, 나는 숨을 참았다. 분식집 안은 손으로 코를 덮고 싶을 정도의 악취로 가득 차 있었다.

"어서 오세요……."

내가 들어오자, 가게 안쪽 자리에 앉아 있던 여자가 힘없이 문 쪽으로 고개를 돌렸다. 여자의 한쪽 뺨은 짓무른 흉터 자국으로 뒤덮여 있었다. 반쯤 찌그러진 듯

변형된 여자의 귀 모양이, 여자가 심한 사고를 당했음을 말해주고 있었다.

"어, 으어, 아아아악! 엄마, 왔어! 또 왔어! 또, 또!"

여자가 비명을 지르더니 손으로 자신의 얼굴을 마구 긁어내리다 무너지듯 제자리에 주저앉았다. 여자의 몸이 사시나무처럼 떨렸다.

"애, 미경아! 괜찮아?"

분식집 안쪽 부엌 안에서 노란 앞치마를 두른 여자가 달려 나왔다. 노란 앞치마는 주저앉아 있는 여자의 어깨를 끌어안아 일으켜 세웠다.

"미경아, 진정해. 다른 사람이야. 쟤 아니라니깐."

"아냐. 엄마. 쟨 괴물이야! 죽어도 죽지도 않는다고! 저리 가. 괴물, 이 괴물!"

노란 앞치마는 이미경을 끌어안아 부축해 가게 뒤로 데리고 갔다. 중년 여자가 다시 가게로 나올 때까지, 나는 문가에 우두커니 서 있었다.

"죄송해요. 놀라셨죠. 좀 앉으세요. 물이라도 한 잔 드릴게."

나는 노란 앞치마, 이미경의 어머니와 마주 앉았다. 내가 기자 명함을 건네자 여자는 방어적인 태도로 몸을 뒤로 뺐다.

"우리 애에 대해 취재하려 하시는 거면 전 할 말 없어요. 우리 애는 피해자라고요."

"아닙니다. 사거리 자살소녀 괴담이라고, 아세요? 저는 그 괴담에 대해 조사하고 있어요."

"아아. 그거 별거 아닌데. 우리 애 말 때문에 퍼진 거예요. 우리 애가 자꾸 말하니깐. 오하나가 떨어졌다고, 자기가 봤다고…… 주변에서 우리 애를 놀리려고 퍼뜨린 거라고요. 나쁜 것들."

노란 앞치마의 눈동자가 불안하게 흔들리는가 싶더니 순식간에 미간이 일그러졌다.

"그런데 피해자라니…… 방금 여자 분이 따님이시죠? 혹시 무슨 일이 있었나요?"

"거짓말. 기자란 사람들, 얼마나 끈질긴지 내가 잘 알아. 이젠 3년이나 지난 일인데도 툭하면 전화해서 그날의 진실이 뭐냐, 따님은 여전히 망상장애냐 어쩌고 묻고. 그런 인간들이 드나드니깐 분식집에 손님도 뚝 떨어졌다고!"

쾅.

노란 앞치마가 테이블을 내리쳤다. 손등에 핏줄이 두드러졌다.

"우리 딸이 뭘 잘못했다고! 그런 재수 없는 것도 친

95
작은 것들의 레퀴엠

구라고 챙긴 게 뭐가 잘못이라고! 우리 애가 나쁜 일 한 거 하나도 없다는 건, 세상 사람들이 다 알아! 우리 애가 그런 거면 그렇게 찰싹 붙어 다녔겠냐고! 우리 딸이 얼마나 마음이 약한데. 수능 날 그런 일이 일어난 것도 다 마음이 약해서! 사람들이 자꾸 자기 탓을 하니깐!"

쾅. 쾅. 쾅. 노란 앞치마는 점점 더 세게 테이블을 내리치며 고래고래 악을 썼다. 노란 앞치마의 눈에도 시뻘겋게 핏줄이 섰다. 그 눈으로, 노란 앞치마는 나를 노려보았다.

"그 얼굴. 기자님. 그 얼굴이요. 그 얼굴을 달고, 어디를 기어들어오냐고!"

노란 앞치마의 주먹이 허공을 날았다. 간신히 주먹을 피한 나는, 그대로 자리를 박차고 일어나 가게 밖으로 도망쳐 나왔다. 노란 앞치마가 내 뒤를 쫓아 나왔고, 나는 가게 앞 2차선 도로를 뛰어 건넜다.

"그 미친년 짓이 분명해! 오하나, 그 계집애 짓이 분명하다고! 우리 애를 저렇게 만든 거! 신이 있으면 그년에게 천벌을 내려야지. 그 얼굴 달고 어디를 기어들어와! 우리 애는 잘못한 게 없어! 없다고! 우리 딸은!"

노란 앞치마는 한참이나 가게 앞에 서서 고래고래 소리를 질렀다. 내가 도망쳐 온 상가 도롯가에 자리 잡은

편의점 안에서 고개를 내민 사람 둘이 쯧쯧 혀를 찼다.

"또 시작이다. 분식집 아줌마. 예전에는 그렇게 활기 넘치던 분이."

"딸내미 사랑이 오죽했냐. 그 딸이 정신이 나갔으니, 같이 안 미치고 배겨."

"되게 이상한 사건이긴 했어. 오하나 걔, 결국 혐의 없음으로 결론 났지?"

"알리바이가 정말 확실했잖아. 걔 여기서 알바 중이었다니깐. 이상하긴 하지. 미경이 걔는 어떻게 혼자 자기 팔하고 다리를 그렇게 꽁꽁 묶었는지. 여하튼, 오하나네 사건 이후로 이 근처에서 흉흉한 일만 잔뜩 일어나고."

나는 그들의 말을 잠자코 들으며 길 건너에서 계속 소리치는 노란 앞치마를 봤다. 문득 분식집 안에 들어섰을 때의 악취가 코끝에서 되살아났다. 그건 하수도 안에서 썩고 있는 시체의 냄새를 닮아 있었다. 아주 작은 벌레의 시체일 수도, 그보다 좀 더 큰 새나 강아지, 고양이의 시체일 수도 있을 것이다. 아니면 그보다 훨씬 큰, 그 무언가의 시체. 그 무엇처럼 여자는 썩어가고 있었던 것이다. 겉으로 보기에는 살아있지만 안이 썩어 문드러진 인간은 그런 냄새를 풍긴다.

쿵, 콧김을 뿜어내 그 냄새를 몰아내려다 등골이 서늘해졌다. 나는 서둘러 그 자리를 떴다. 조금이라도 빨리, 소리치는 목소리가 들리지 않는 곳으로 가고 싶었다.

'왜? 기억이 없잖아. 나는. 그런데 왜.'

나는 왜 알고 있는 걸까. 그 부패의 냄새를.

3

전국 수험생의 노력이 결실을 맺는 수능날, 끔찍한 사건이 발생했다. 수능 시험을 보러 갔던 L양이 밤까지 연락 없이 집에 돌아오지 않자 부모는 성적 비관으로 인한 사고를 걱정해 찾아 나섰다. L양의 부모는 경찰에도 도움을 요청했지만, 경찰은 수험생의 단순 일탈로 판단해 수사에 나서지 않았던 것으로 확인되었다. 결국 하루가 지나서야 L양의 실종 신고는 정식으로 접수되었으며, 이 늦장 대응이 사건을 키운 것이라 비판받고 있다.

L양은 폐쇄된 하천 공사장 컨테이너 안, 기둥에 묶여 있었다. L양은 온몸에 화상을 입은 상태였으며 발견 당시 극심한 패닉 상태였다고 전해진다. L양은 곧 병원으로 옮겨졌으나, 사건이 발생하고 사흘이 지난 지금까지 정신을 회복하지 못한 것으로 알려졌다.

L양의 진술에 따르면, L양은 수능 시험을 마친 후 친구인 O양과 함께 학교를 나섰다. O양은 L양을 컨테이너로 유인 후 포박, L양의 몸에 석유를 끼얹고 불을 질렀다. 그 후 O양은 자신의 몸에도 점화하였고, L양은 O양이 자신의 눈앞에서 타죽는 것을 보았다고 말했다. 이에 경찰은 컨테이너 안에서 O양의 시신을 수색하는 작업을 진행하였다.

그러나 L양의 진술은 거짓인 것으로 드러났다. 경찰 조사에 의하면 O양은 수능 시험을 본 후 바로 아르바이트를 하러 간 것으로 조사되었으며, 수능 당일 L양과 O양은 접점이 없었던 것으로 밝혀졌다. O양의 알리바이는 수많은 목격자와 편의점 내 CCTV로 확인되었다. 저녁 아홉 시 이후에도 집 근처 제과점에 방문했던 사실이 확인되었다. L양의 발견 이후, O양은 경찰에 자진 출두해 조사를 받았다.

본지의 조사에 따르면 L양은 일 년 전, 학교폭력위원회에 제소된 사실이 있으며 그때 피해자가 O양이었던 것으로 드러났다. 그러나 학폭위는 무산되었으며, L양과 O양은 그 후로도 친구 관계를 유지한 것으로 알려졌다. 당시 학폭위 제소 사항은 집단 폭행 및 성추행으로, L양의 주도하에 O양에 대한 폭력이 행사되었다는 의혹이었다. 한편 O양은 학폭위가 무산되고 한 달 후, 아버지가 일가족을 살해 시도 후 자살한 사건의 생존자이기도 하다. 전문가들은 L양이 수험 스트레스로 자해를 시도, 자신이 자해를 했다는 사실을 인정하지 못해 O양이한 것으로 머릿속에서 기억 왜곡이 일어났을 가능성이 있다고 말했다. L양은 평소 성취감 강한 성격으로, 수능이 가까워지면서 가끔씩 히스테리를 일으켰다고 같은 반 친구들 몇몇이 증언하였다. 그것이 사실이라면, L양 사건은 지나친 성적 욕망이 불러일으킨 비극으로 이는 곧 우리 사회의 학벌 위주 교육이 얼마나 큰 부작용을 낳고 있는지를 단면적으로 잘 보여주는 것이다.

나는 글자들을 곱씹으며 읽어 내려갔다. '3년 전 수능날', '화상', '화상 입은 소녀' 등 검색어를 이리저리 배치해서 간신히 찾아낸 기사였다. 당시 그다지 큰 이슈가 되지 않았던 듯, 기사가 많지 않았다.

'L양이 이미경이겠지. 얼굴에 화상 자국이 있었으니깐. 그럼 O양이 오하나구나. 부동산에서도 그랬지. 이미경과 오하나와 딱 붙어 등하교를 같이했다고.'

기사 중 가장 눈길이 가는 건 학폭위에 대한 부분이었다. 집단 폭행과 성추행. 즉 오하나는, 고등학교 2학년 때 학교 폭력의 피해자가 되었다. 그리고 한 달 후 일가족 살해 사건이 일어났다. 그리고도 일 년 동안 오하나는 사고가 난 집에서 생활하며 학교를 다녔고, 분식집 딸 이미경은 수능날 정신착란을 일으켰다는 이야기가 된다.

'학폭위가 논의될 정도면 같은 학년, 같은 학교였으니깐 나도 무슨 사건인지 정도는 분명 알았을 텐데. 기억이⋯⋯.'

또다. 또다시 구멍이다. 휴대폰이 손 아래로 미끄러질 듯 어지러웠다. 나는 지하철 손잡이를 꽉 움켜잡았다. 과거의 기억이 내 앞을 막아설 때마다, 검은 구멍 안으로 빨려 들어가는 감각에 사로잡힌다. 가끔은 환각이 떠오르기도 한다. 내가 그 구멍 안으로 미끄러져 들어가, 좁고 축축한 지하실을 마구 기어 다니는 것이다. 온몸에 달라붙는 습기와 피부에 미끄러지는 어둠. 그리고 그 냄새.

이거다. 이 냄새였다. 부패의 냄새. 커다란 그 무언가가 썩는⋯⋯.

"아가씨. 괜찮아요?"

누군가 내 어깨를 쳤고, 나는 머리채를 휘어잡힌 듯 억지로 구멍 안에서 끌려나왔다. 내 뒤에 선 사람이 나를 바라보고 있었다. 상대의 눈동자에 어른어른 비친 내 형체.

사람이다.

그 형체는 분명, 사람이었다.

"왜 그렇게 봐요? 이 아가씨, 이상하네."

뒤에 서 있던 사람이 주춤 한 걸음 뒤로 물러섰고, 형체는 깨졌다. 퍼뜩 정신이 들었다. 이마와 뺨에 식은땀이 송골송골 맺혔다. 지하철이 멈췄다. 내려야 할 역이었다. 나는 허둥지둥 도망치듯 전철에서 뛰어내렸다.

'진후한테 물어볼까. 진후도 나와 같은 고등학교를 나왔으니깐 뭔가 알고 있을지도 몰라.'

나는 빠른 걸음으로 집으로 향했다.

지하철역에서 십여 분 떨어진 주택가 안쪽에 자리 잡은 원룸촌의 장점은 집세가 저렴하다는 것 딱 하나다. 주변에 상가도 없고 골목 안쪽에 가로등도 딱 하나뿐이다. 나는 골목 안쪽으로 걸어 들어가며 휴대폰을 꺼내 진후의 번호를 눌렀다. 휴대폰 너머 신호음에 귀를 기울이는데, 뒤에서 발자국 소리가 들렸다. 한일(一) 자로 뻗은 골목은 앞서 걷는 사람이 느리게 걸으면, 뒤에서 정체가 일어날 수밖에 없는 구조이다. 나는 골목 벽 한쪽에 붙어 섰다. 하지만 내 앞을 지나는 사람은 없었다.

범유진

발소리도 멈췄다. 고요한 골목 안에, 휴대폰에서 새어 나오는 신호음만 희미하게 울려 퍼졌다.

'잘못 들었나?'

벽에서 등을 떼고 다시 걸었다. 내가 걷기 시작하자 발소리가 다시 들려왔다. 또각, 똑, 또각, 똑, 또각, 똑똑. 다른 종류의 구두 뒤축이 부딪히는 소리가 번갈아가며 울렸다. 내가 속도를 높이면, 뒤따르는 소리도 딱 그만 큼 빨라졌다. 목이 바짝 타올랐다. 금방이라도 내 뒤에 서, 누군가 내 뒤통수를 내리칠 것만 같았다. 진후는 계속 전화를 받지 않았고, 내 초조함은 점점 커져갔다. 차라리 뒤돌아볼까, 싶었다. 어쩌면 아무것도 없을지도 모른다. 공포란 그런 거니깐. 막상 마주 보면 별거 아닌 것을, 마주 보지 못해 두려움을 키워가는 거니깐. 이성을 끌어모아 그렇게 생각하면서도 뒤돌아 볼 수가 없었다.

보면 끝이야, 라는 속삭임이 어디선가 들려오는 것만 같아서.

'받아. 좀 받으라고.'

다시 통화 버튼을 눌렀을 때였다. 맞은편에서 어린아 이와 함께 걸어오는 여자가 보였다. 순간 긴장으로 굳 었던 어깨에서 힘이 빠졌다. 여자도 아이도, 아무렇지 않은 얼굴이었다. 내 등 뒤에 있는 게 적어도 괴물은 아니라는 증거였다.

"엄마. 저 누나들 쌍둥인가 봐. 근데 왜 저렇게 떨어져서 걸어?"

아이가 내 옆을 지나가며 말했다. 그 말을 듣는 순간, 나는 휙 뒤돌아봤다. 아이와 여자의 뒤쪽으로 그림자 하나가 골목 밖으로 뛰어가는 것이 보였다. 빠른 몸놀림으로 도망치듯 뛰는 뒷모습은 여자의 것이었다.

— 여보세요. 미안. 샤워하고 있어서 못 받았어.

늘어지던 신호음이 끝나고, 휴대폰 너머에서 진후의 목소리가 들려왔다. 나는 휴대폰을 입에 바짝 가져다 댔지만 목소리는 나오지 않았다. 얼빠진 듯 벌어진 입 밖으로 나온 건 신음 소리뿐이었다.

— 여보세요? 나나야, 나나야! 왜 그래? 너 어디야. 내가 지금 갈게.

"나…… 집 앞인데…… 지, 진후야. 나…… 또 헛것 보나 봐."

간신히 목소리를 끌어내는 동안에도 내내, 나는 여자가 뛰쳐나간 골목 끝을 노려보고 있었다. 진후에게 하고 싶은 말이 너무나도 많았다. 진후가 올 때면, 그쯤이면 얼어붙은 목소리도 나오리라. 누구든 내 옆에 있어 주면 괜찮아질 것이다. 그렇게 믿으며, 계속 끝을 노려

범유진

보았다. 시선을 떼면 그 순간, 여자가 다시 나타나 나를 집어삼킬 것만 같았으니깐.

'똑같았어. 얼핏 봤지만 그 여자. 분명히 나와 얼굴이……'

나와 닮은, 내 뒤를 쫓아오던 여자.

그 형체가 내 그림자 끝에 붙어, 시선 끝에서 너울거렸다.

* * *

"괜찮아? 좀 진정됐어?"

나는 진후가 내민 컵을 받아들었다. 집에 들어온 후에도 뻣뻣하게 굳어 있던 손가락이 여전히 잘게 떨렸다.

"무슨 일 있었어? 갑자기 패닉 온 거지?"

"응. 요즘 스트레스 받아서 그랬나 봐."

사실은 진후야. 나, 나와 똑같은 여자를 봤어. 그렇게 털어놓고 싶었다. 하지만 진후의 걱정스러운 얼굴을 보자 말이 나오지 않았다.

박진후. 내 남자친구다. 대학교 입학 후, 혼란스러워하는 내 앞에 나타난 구세주. 진후는 어느 날 갑자기 나를 찾아왔다. 이 학교에 너 닮은 애가 있다는 말을 들어서. 진후는 키가 작고 통통했고, 얼굴은 발그레했다. 그래서 수줍은 어린아이처럼 보였다. 진후는 내 고등학교 동창이라고 했고, 나는 그에게 말했다. 난 네가 누군지 몰라. 나, 기억상실증이야. 라고. 내가 그렇게 말했을 때, 다른 사람들은 어이없어 하거나, 화를 냈었다. 하지만 진후는 달랐다. 진후는 내게 말했다. '기억 안 나는 건, 기억 못 하는 게 더 좋아서가 아닐까. 난 박진후야. 넌? 우리 처음부터 알아 가면 돼' 라고.

그 말을 실천이라도 하듯, 진후는 내게 고등학교 때의 이야기를 전혀 하지 않았다. 나와 있을 때는 자신의 고등학교 친구들과도 연락을 하지 않았다. 그 세심한 배려 덕분에, 나는 진후와 있을 때면 잃은 기억에 대한 불안에서 빠져나올 수 있었다. 내가 기억을 잃은 것을 탓하지도 않고, 기억을 찾으라고 강요하지도 않고, 그러나 나의 과거 일부를 공유하기에 여차할 때는 의지할 수 있는 사람. 내가 진후와 사귀게 된 건 당연한 일이었다. 하지만 진후에게 의지할수록 미안함도 커졌다. 나 때문에 진후가 너무 많은 걸 포기하고 있는 건 아닌가 하는 미안함. 거기에는 이대로 배려를 받기만 하면 진후도 내게 지쳐 떠나지는 않을까 하는 불안도 섞여 있었다.

"인턴 일 많이 바빠? 역시 그만두는 게……."

"괜찮아. 나 이번에 특집 기사 아이템 취재도 맡았어."

"저기, 나나야."

진후가 내 앞에 마주 앉았다.

"나, 이번 학기만 마치고 영국으로 유학 갈 것 같아."

생각지도 못했던 진후의 말에, 내 손 안에서 컵이 미끄러져 떨어졌다. 컵이 요란한 소리와 함께 깨졌다. 나는 허둥지둥 티슈를 뽑아 컵 위를 덮었다. 진후까지 내 옆에 없으면 어떻게 하지. 그 구멍을 어떻게 버티지. 제정신으로 복학할 수 있을까. 수많은 생각이 머릿속에서 휘몰아쳤다. 나와 닮았던, 그림자 같은 여자의 뒷모습을 잠시 잊어버릴 정도였다.

"그래서 말인데. 나나, 너도 같이 가자. 우리 부모님이 학비랑 생활비 다 지원해주실 거야. 거기서 대학 다시 다니면 되잖아. 우리 거기서 같이 살고, 결혼도 하자. 영국이 싫으면 대학 졸업하고 다른 나라 가도 되고."

"나도 같이? 진후 네 부모님이 왜 내 학비를 내주셔?"

"그건, 나나 네가…… 아니다. 우리 부모님이 나나, 너를 알아. 고등학교 때부터 알았어. 만난 적도 있어. 걱정마. 우리 부모님 만나라는 소리 아냐. 네가 부담스러울 테니깐. 그냥 지원만 받으면 돼. 아무 걱정도 하지 말고."

"고마운 말이긴 한데, 왜 그렇게까지 해주신다는 건데?"

"그야, 내가 너를 아주 좋아했거든. 고등학교 때부터 쭉."

원래도 발그레한 진후의 얼굴이, 평소보다 훨씬 더 붉어졌다. 내 안의 불안이 사르르 녹아 사라졌다. 나는 티슈로 컵의 파편을 감싸 쥐고 자리에서 일어났다.

"이거 버리고 올게."

진후의 고백에 들뜬 기분을 조금 가라앉히고 싶었다. 나는 컵 파편을 감싸 쥐고 집 현관을 나섰다. 버리려고 묶어 둔 쓰레기 봉지가 현관문 바로 옆에 놓여 있었다. 나는 현관을 나와 들뜬 숨을 가다듬고, 쓰레기 봉지 안으로 컵 파편을 밀어 넣었다.

그림자가 튀어나왔다.

"어떻게 그 새끼랑 있을 수가 있지?"

내 손목을 움켜쥔 손. 나는 손목이 붙잡힌 채, 튀어나온 여자를 봤다. 선글라스를 끼고, 망사 스타킹을 신은 여자. 여자의 목소리는 격양되어 있었다.

"정신 차려! 약속을 잊어버린 거야?"

여자가 소리쳤고, 나는 여자의 손에서 벗어나려고 몸부림쳤다. 내가 휘두른 손에 여자의 선글라스가 벗겨져 계단 아래로 날아갔다. 선글라스 아래, 진한 화장을 한 여자의 얼굴은 낯익었다.

내 얼굴이었다.

"나나야, 무슨 일이야!"

집 안에서 진후가 뛰어나오는 소리가 들렸다. 내가 진후를 부르려는 순간, 여자가 나를 끌어안았다. 여자는 내 뒤통수를 꽉 누르듯 안고는, 내 귓가에 속삭였다.

"기억해내. 네가 누구인지."

내가 여자를 밀쳐낼 새도 없이, 여자는 그 말만을 하고는 나를 놓았다. 재빠르게, 계단 아래로 뛰어내려 건물 밖으로 사라졌다. 골목을 빠져나가던 그림자처럼. 나는 스르륵 무너져내리듯 앉아, 여자가 사라진 곳을 응시했다.

좁고 둥근 입구. 무너져 내린 하수구의 입구 같은 구멍.

여자가 그 구멍임을, 내 온 감각이 경고하고 있었다.

4

"4년 전 졸업생 파일이 있긴 하죠. 하지만 아무리 기자라도 함부로 알려드릴 수는 없습니다. 요즘 그런 게 까다로워진 데다 얼마 전 사고도 있어서요. 학교 내부를 찍어가는 것까지는 허가해드릴 수 있는데, 이건 어렵겠네요."

정중하고도 단호한 거절이었다. 어쩔 수 없었다. 학교

로 무턱대고 찾아온, 경우 없는 삼류 인터넷 언론의 기자. 그게 지금 내 포지션이었다. 하지만 아무것도 얻지 못한 채 물러날 수는 없었다. 나는 이 취재를 빨리 마무리 짓고 싶었다. 내 손목을 붙잡았던 여자에게 붙잡혀 하수도 안으로 끌려 내려가기 전에. 이 취재만 끝나면, 다시는 그 여자와 마주치지 않을 것만 같았다.

"그럼, 혹시 오하나 씨 담임을 맡았던 교사 분을 인터뷰할 순 있을까요? 사건에 대해 이야기하는 게 어려우면, 오하나 씨가 어떤 학생이었는지 짧은 코멘트라도 받고 싶은데요."

"그건 어렵겠네요."

"아니, 그 정도는……."

나를 응대하고 있던 행정실 직원은 황급히 손을 내저었다.

"거절하는 게 아닙니다. 안 계세요. 6개월 전 사건 아시죠. 그때 돌아가신 분들이 전부 근무 경력 10년 이상 되신 분들이었어요. 그 이전에도 사건이 좀 있어서 교사 근무지 발령이 났더라고요. 그래서 지금, 이 학교에 오하나 사건 때 계셨던 교사분이 한 분도 안 계세요. 행정실 직원도 저 포함 다 신입이에요."

"그럼, 오하나 씨 담임이었던 분은요?"

"그분은 다행히 무사하세요. 그때 학교에 안 계셨다고 하더라고요. 지금은 부산에 있는 학교로 전근 가셨어요."

"그럼 졸업앨범은 살 수 있을까요? 저도 여기 졸업생이에요."

"잠깐 확인해 볼게요. 졸업생이신 거 확인되면, 앨범 재고 봐서 구입 가능할 수도 있어요."

행정실 직원이 바쁘게 키보드를 두드리더니, 의심에 찬 눈으로 나를 봤다.

"오나나라는 학생은 재적 사항이 없는데요."

"예? 그럴 리가요. 그 프로그램, 잘 작동되는 거예요? 그럼 박진후는요? 걔가 제 동창이에요. 혹시 시스템 이상일 수 있으니깐, 그 이름으로도 한번 검색해주세요."

"4년 전 졸업 학기에 박진후. 그 이름은 있네요. 졸업생 명단에."

"오나나는……."

"없어요. 몇 번을 검색해봐도."

혼란스러움에 떠밀려 학교를 나왔다. 나는 한참이나, 교문 바로 앞을 서성였다. 내 기억이 뭉쳐 있을 거라 생각했던 곳. 하지만 정작 이곳엔, 내 작은 흔적조차 남아 있지 않았다. 나는 학교를 등지고 천천히, 상가 쪽으로 걸어 내려갔다.

한 아파트에서 매달 같은 날, 뛰어내리는 소녀.

그 모습을 목격했다는 사람들.

하지만 오하나는 살아 있다. 심지어 그 아파트에 살지도 않는다고 했다.

'계속해서 목격된다는, 이미 사라진 소녀. 그게 정말로 단순한 이미경의 헛소리일까.'

무언가 놓쳤다. 반드시 알아야 할 무언가. 상가 골목으로 들어서는데, 편의점과 도로 사이 가로수 아래 이미경이 앉아 있었다. 쓰레기 봉지와 나무 사이에 앉아 무릎에 얼굴을 반쯤 파묻고, 혼잣말을 중얼거리고 있었다. 나는 이미경에게 다가갔다.

"저기요."

이미경이 고개를 들고 나를 봤다. 나와 눈이 마주치자 벙긋 웃었다. 이미경의 헤 벌어진 입안에서 부패의 냄새가 밀려 나왔다. 이미경은 쓰레기 봉지 틈에서 기어 나와, 내 옷자락을 덥석 붙잡았다.

"하나야. 이젠 나 좀 놔줘. 응? 나만 잘못한 거 아니잖아. 너도 나빴어. 내가 오빠 좋아하는 거 알면서 왜 나한테 오빠 욕을 해. 왜 그렇게 눈치가 없어. 내가 왜 너처럼 음침한 거랑 친구를 해줬을지, 상황파악이 안 되냐고!"

이미경의 말이 내 다리를 휘감고, 허리를 기어 올라와 온몸을 불쾌하게 물어뜯었다. 작은 개미가 피부를 물어뜯는 듯한, 아픔과 가려움이 뒤섞인 감각이 전신에 퍼졌다.

"내가 시킨 거 아냐. 난 그냥 적당히 하자고 했어. 주제 파악만 좀 하게 해주자고. 박진후 그 새끼가 갑자기 폭주해서 그런 거야. 열등감으로 뭉쳐진 찐따 새끼. 너 좋아한다고 떠들고 다니더니, 그따위 짓을 할 줄은 몰랐지. 죽으라고 했던 것도, 농담이었어. 근데 네가, 네가 일방적으로 뛰어내린 거잖아! 뛰어내릴 테니깐 보라고! 근데 왜 안 죽은 거냐고. 뛰어내리는 걸, 내가 봤는데! 아파트 아래에서 분명히 봤는데! 그날도 그래. 네 몸이 불타는 것도 봤어! 날 보면서 히죽히죽 웃었잖아. 내 몸에 불을 지르고! 네 몸에도 불을 지르고! 웃었잖아! 웃으면서 죽었잖아! 그런데 왜 자꾸 살아나! 내 앞에 나타나는 건데!"

그만. 그만하는 게 좋겠다. 그만. 이 감각은 위험하다. 새어 나온 것들이 구멍 아래 것을 전부 *끄*집어내고 있다.

"기분 나쁜 것. 괴물. 넌 역시 괴물이야. 주술 어쩌고 할 때부터 피했어야 하는데!"

열리고야 말았다.

검고 어두운 구멍 아래에 있던 기억이.

처음 생긴 친구의 이야기를 하며 기뻐하던 여자아이. 함께 손톱에 봉숭아물을 들였다고, 닳는 것이 아까워 손톱 자르기도 조심하던 여자아이. 얼굴과 몸에 새파란 멍을 잔뜩 달고 앉아 울면서도 친구가 그럴 리가 없다고 믿음의 끈을 놓지 못하던 아이. 늘 혼자였기에 외로운 존재들을 깨어내 말동무로 삼았던 아이. 그를 위해 자신의 손톱 아래를 찔러 피를 내던, 그저 살기를 바랐던 아이의 모습이, 약속까지도 모두 떠올랐다. 나는 내 옷을 붙잡은 이미경의 손가락을 살며시 감싸 쥐듯 잡았다.

"덕분에 깨어났어."

나는 이미경에게 다정하게 속삭이며 손가락을 손등 바깥쪽으로 꺾었다. 우두둑 소리와 함께 이미경의 손가락뼈가 마디 밖으로 튀어나왔다. 이미경은 비명을 지르며 길바닥에 쓰러져 뒹굴었다. 신음 섞인, 저주 같은 말들이 계속해서 내 위로 기어 올라오려 했다. 무시하고 뒤돌아섰다. 이미경은 내 몫이 아니었다.

내 몫. 나는 나의 몫을 처리해야만 했다.

나는 집으로 향하며, 진후에게 메시지를 보냈다. '우리 집으로 와 줘. 지금, 바로.' 진후는 올 것이다. 나를 걱정하는 자신의 감정에 심취해서 달려올 것이다. 어떤 상황이든 자신의 감정만을 중요시하는 것이 박진후였다. 오하나를 린치하며 성폭행하던 그때에도, 진후는 자신이 하는 일은 폭행이 아니라 했었다. 너를 사랑하는데, 네가 나를 봐주지 않으니깐. 그때의 진후의 목소리가 생생하게 떠올랐다.

이젠 구멍은 없다.

나는 집에 도착해 준비를 했다. 옷과 책, 식기류 등 작은 것은 쓰레기 봉지에 담아 버렸다. 은행의 잔고를 모두 현금으로 바꿨다. 집 계약을 해지하겠다는 연락을 부동산에 남기고, 쓰레기를 버리고 오면서 철물점에 들려 망치와 회칼을 샀다. 잊고 있었던 시간만큼 내 힘은 약해졌을 터이다. 그러니 이 정도쯤은 있어야 했다. 집에 돌아오니 진후의 신발이 현관에 가지런히 놓여 있었다. 발소리를 죽여 안으로 들어갔다. 진후는 냉장고 앞에 서, 물을 마시고 있었다. 급하게 뛰어온 듯 붉은 얼굴은 더 붉어져 있었다.

나는 나나로서 묻고 싶었다. 왜 그랬어, 라고.

그러나 나는 더 이상 나나만이 아니었기에, 잠자코 해야 할 일은 하기로 했다. 나는 망치를 휘둘렀다. 있는 힘껏. 반호를 그리며 날아간 망치는 진후의 뒤통수를 정확히 가격했다. 진후의 몸이 무너졌다. 진후는 바닥에 쓰러져, 숨을 헐떡이며 간신히 고개를 돌렸다.

"나나야. 왜……."

그건 내가 물을 말이었다. 왜 그랬어, 왜. 왜 나를 찾아왔니. 양심이 남아 있으면 그래서는 안 됐다. 네가 폭력을 휘두른 상대를 찾아와, 아무 일 없었다는 듯 인사를 건네지는 말았어야 했다. 얼마나 좋았을까. 오하나가 아닌, 오나나라 말하며 과거의 기억이 없다 말하는 내 모습에. 이번에도 손으로 눈 가리고 아웅, 네가 원하는 방향으로 일을 진행시킬 수 있다고 생각했겠지. 그때 그랬던 것처럼. 행해진 폭력을 없던 것으로 무마시켰던, 너의 부모님의 권력과 돈은 지금도 여전할 테니깐.

그러나 나는 묻지 않았다. 물을 필요도 없었다. 박진후는 쓰레기고, 쓰레기에게 달린 입은 입이 아니다. 나는 진후의 머리를 한 손으로 붙잡아 고정했다. 그대로 회칼을 진후의 귀 안으로 쑤셔 넣었다. 빠르고도 정확하게. 손을 뗐다. 진후의 몸이 무너져 내렸다. 흘러내린 피는 곧 진후의 몸 근처에 고여, 부패의 냄새를 풍길 것이다.

내 몫은 끝냈다.

열 번째가 기다리고 있을 것이다. 집을 나와 아파트로 향했다. 사거리 한쪽에 위치한 초목 아파트로. 사거리에

범유진

서 신호가 바뀌기를 기다렸다.

이젠 나는 모든 것을 기억한다.

오하나는 죽었다. 떨어져 죽었다. 아니다. 마음이 아파 죽었다.

오하나는 단짝이라 믿었던 친구에게, 가족에게 당한 길고도 괴로운 학대를 고백했다. 오하나의 가족. '부러울 정도로 완벽한' 그 가족. 그 완벽함은 오하나를 착취해 만들어진 것이었다. 그들에게 오하나는, 자신들이 밖에서 '좋은 사람'으로 있기 위해 받는 스트레스를 푸는 쓰레기통에 지나지 않았다. 오하나는 좋은 사람이 아닌, 살아남은 사람이 되기 위해 몸부림쳤다. 무엇보다 자신의 고통을 어디에도 털어놓지 못하는 것이 괴로웠다. 그래서 오하나는, 매일 어두운 아파트 지하실 계단에 쪼그려 앉아 혼잣말을 했다. 열 살이 넘고는 인터넷에서 알아낸 주술 같은 것을 그곳에서 실험했다. 이름을 역방향으로 쓰면 사람을 저주할 수 있다거나, 사람의 물건을 여섯 조각 낸 뒤에 땅에 파묻거나 하는 시시한 주술이었다.

그 시시한 주술이 쌓여, 시시한 것들에게 조금씩 힘을 부여했다. 지하실 근처에서 꿈틀거리며 살아가던 것들이었다. 작은 쥐 한 쌍, 거미 한 마리, 바닥을 기어 다니고 있던 지렁이, 사람에게 날개가 잘려 그 안에 던져진 비둘기, 털에 접착제가 엉킨 고양이, 둥글게 몸을 말고 있던 돈벌레와 가끔 켜지는 전구 근처를 맴돌던 나방. 그리고 하수도에서 쥐와 곤충의 시체를 먹고 살던 송장벌레 한 쌍. 열 개의 보잘것없던 목숨은 오하나에 의해 또 다른 생을 얻었다. 오하나의 이야기를 들었다. 저렇게 괴로우면 그냥 말하면 될 텐데. 나는 그렇게 생각했다. 그러나 내가 부패한 시체를 먹는 것을 그만두고 싶어도 그만둘 수 없는 것처럼, 오하나도 그 삶을 쉽게 벗어날 수 없다는 것을 이해했다. 어쨌든 나는 철저히 오하나의 편이고 싶었다.

오하나가 고등학생이 되고, 친구가 생겼다고 말했다. 모두 기뻤다. 오하나는 그래도 주술을 행했다. 작고 검은 주술은 그때 즈음에는 이미 오하나의 일부가 되어 있었다. 오하나의 손끝에서 일렁이는 악한 기운은 우리가 먹어 치웠고, 우리는 점점 더 조금씩이지만 분명하게 강해졌다.

베란다에서 떨어지기 전, 오하나는 울었다. 엉망이 된 얼굴로 지하실에 앉아 한참을 울었다. 오하나의 단짝이, 오하나를 배신했다. 친구는 오하나의 오빠를 짝사랑하고 있었고, 오하나가 가족에게 당한 폭력을 믿지 않았으며, 그 고백이 오히려 자신의 사랑을 해친다고 여겼다. 그래서 그 친구는 오하나를 죽고 싶게 만들었다. 죽어, 라고 말했다.

그 밤. 오하나가 떨어지던 밤.

오하나보다, 오하나의 손톱이 먼저 떨어졌다. 우리는 지하에서 기어 나와 떨어진 손톱을 주워 모았다. 손톱을 뒤따라 오하나가 떨어졌다. 나는 바로 알았다. 오하나가 죽었다는 것. 시체를 먹고 사는 것이 송장벌레이기에, 죽음의 냄새를 맡는 것이 나의 일이었다. 그럼에도 나는 믿을 수가 없었다. 약하고, 덧없고, 그러나 누구보다 강하게 고통을 견뎌온 아이가 죽었다는 것을.

이대로 놓아두면, 놈들이 이 아이를 태워 없앨 뿐이야.

고양이의 말에 모두 고개를 가로저었다. 그건 안 될 일이었다. 오하나를 괴롭게 만든 그 놈들이, 가족이란 이유 하나로 오하나의 죽음까지 마음대로 하게 놔둘 수는 없었다. 그저 미물에 지나지 않던, 각자 다른 생을 살고 있던 열 개의 생명들. 우리는 단 하나의 공통점을 가지고 있었다. 오하나를 좋아한다는 것.

오하나는 우리의 주인이자 딸이었다.

* * *

신호가 바뀌었다.

사거리를 건너 아파트 단지 안으로 들어갔다. 엘리베이터를 타고 14층을 눌렀다. 1401호 현관의 키패드에 비밀번호를 눌렀다. 아파트 안 공기는 서늘하다.

텅 빈 거실 한가운데, 열 번째 오하나가 앉아 있다. 주변에는 죽은 닭 대여섯 마리가 널브러져 있다. 못 본 사이에 머리카락이 엉망으로 길게 자랐다. 열 번째 오하나는 진짜 오하나의 영혼을 가장 많이 먹었고, 그래서 가장 약한 존재가 되었다. 그래서 우리는 열 번째 오하나의 몫으로는 인간의 삶을 남기기로 합의했다.

제일 인간의 형태를 덜 갖추었던 건 지렁이였고, 두 번째는 거미였다. 그 둘이 함께 오하나의 가족을 죽였다. 그것만으로 힘을 다해서, 그 둘은 인간으로 살아 보지 못했다.

세 번째가 고양이, 네 번째가 비둘기였다. 그 둘은 오하나를 괴롭힌 것들에게 죽는 것보다 더한 고통을 안겨 줘야 한다고, 쇼를 준비했다. 이미경을 납치하고, 불태웠고, 그 앞에서 자신의 몸에도 불을 붙였다. 고양이는 죽었다. 그때에, 비둘기는 고양이의 알리바이를 만들고 있

범유진

었다. 또 다른 오하나의 모습으로. 고양이의 쇼는 성공했다. 내가 본 바로는 그렇다. 이미경은 산 채로 죽었다. 부패의 냄새를 그렇게나 풍기는 인간은 본 적이 없다.

돈벌레와 나방은 우리가 세상에서 살 수 있는 기반을 유지하는 데 힘을 다 쓰고 죽었다. 쥐 두 마리는 오하나의 사건을 방관했던 교사를 죽이는 것을 몫으로 받았다. 지금쯤 부산에 가 있을 것이다.

나는 오하나를 성폭행했던 남자, 박진후를 죽이는 것을 몫으로 받았다. 그러나 나는 오하나가 된 것이 너무 좋아서, 오하나가 하고 싶던 일을 조금이라도 대신 해주고 싶어서, 그 욕망에 사로잡혀 내 몫을 잊었다. 내가 빠져나온 하수도 아래, 검고 냄새나는 곳으로 오하나의 기억을 밀어 넣고는 모른 척했다.

나는 부엌으로 가, 가위를 가지고 열 번째 오하나 앞에 섰다.

"늦었지. 미안."

사각. 가위 날에 잘린 머리카락이 부드럽고도 날 선 소리를 내며 아래로 떨어졌다.

"이젠 네가 밖에 나갈 차례야."

"……여기 누군가는 있어야 해. 오하나의 집이었어. 비워두면 슬퍼."

"내가 있으면 돼."

나는 열 번째 오하나의 머리카락을, 되도록 나와 아주 다르게 잘랐다. 열 번째 오하나가, 오하나로 살게 될 즈음에는 박진후의 시체는 흔적도 안 남고 증발하듯 사라져 있을 것이다. 내가 그의 시체에 남겨두고 온 수백 마리의 송장벌레가, 그의 죽음조차 존재하지 않게 만들 것이다. 그런 인간의 죽음은 마땅히 그래야만 한다. 그래도 되도록 나와 닮지 않은 모습으로 밖에 나가는 것이, 열 번째 오하나에게 좋을 것이다.

"나는 밖에 나가는 게 무서워."

"너를 해칠 사람은 없어. 네가 해쳐야 할 사람도 없지. 오하나가 뭐가 되고 싶어 했는지 기억하지? 뭐를 보고 싶어 했는지도. 오하나가 가고 싶어 했던 섬이 있잖아. 거기에도 가. 그곳에서 오하나를 위한 노래를 불러줘. 그 아이의 영혼이, 행복한 기억을 안고 흩어질 수 있게."

"그게 내 몫이라면."

"그래. 그게 너의 몫이야."

손톱이 밖으로 뿌려지던 날, 우리는 열 개의 초승달 손톱을 먹었다. 손톱에는 영혼이 깃드는 법이다. 그로써 우리는 오하나의 영혼을 나누었다. 시체도 먹었다. 육체를 나누었다. 주술과 한이 서린 애처로운 삶을 잠시 빌렸다. 그렇게 우리는 모두 소녀가 되었다. 열 명의 오하나가.

오하나가 행한 마지막 주술의 완성이었다.

작가의 말

손톱 먹은 쥐 이야기의 매력적인 면은 잘라낸 작은 조각에도 영혼이 깃든다는 것입니다. 어릴 적에 동화책으로 이 이야기를 처음 접했을 때에 내 손톱을 무언가가 먹고 나로 변해주기를 바랐습니다. 또 다른 내가 눈앞에 나타나는 게 공포인 사람이 있다면, 또 다른 나밖에는 구원이 없는 사람도 있는 법입니다.

제가 이 이야기의 풀 버전을 처음 읽은 건(구전설화이기 때문에 정확한 버전이 존재하진 않겠지만)『한국 민담의 심층 분석』(이부영. 집문당. 1995)이었습니다. '손톱 먹은 쥐'를 진가쟁주 설화의 관점에서 해석한 부분이었는데 지금도 기억이 납니다. 주인공이 아들 자리를 잃은 것을 스님이 '혼을 잃었다'라고 말하는 부분에서 깜짝 놀랐었거든요. 동화책에서는 주로 '가짜 행세를 한다'고 쓰여 있으니깐요. '아들'이라는 사회적 관계를 빼앗긴 것을 '영혼을 잃었다'라고 표현했다는 건, 어느 시대고 사회적 관계가 사람을 사람답게 만드는 중요한 요소였음을 드러내는 것이 아닐까요. 사회적 관계란 곧 개인이 '어디에 있으면 안전한가'를 결정짓기도 하지요. 소설 안에서는 극단적인 형태의 폭력으로 제시됩니다만, 그러한 형태가 아니더라도 가족폭력과

학교폭력은 사회적 관계의 파괴를 동반한다는 점에서 사람의
영혼을 상처 입히는 행위가 아닐까요.

연기수업

표국청

대학에서 영화를 전공했고 2020년 메가박스플러스엠x안전가옥 스토리 공모: 슈퍼 마이너리티 히어로 공모전에서 단편소설 「피클(Fickle)」로 수상하며 소설을 쓰기 시작했다.

『슈퍼 마이너리티 히어로』, 『뉴 러브』 등 앤솔로지에 참여했고 『올-라운드 문예지 TOYBOX VOL.7: 오버랩 - 종이와 스크린』에 단편소설 「위로하는 칼」을 실었다.

드라마, 영화 시나리오와 소설 작업을 병행하고 있으며 응원하고 싶어지는 사람들의 이야기를 쓰려 한다.

현지는 화가 나 있었다. 몇 번이고 코트 주머니 속 주먹을 쥐었다 폈다 하면서 잔뜩 열을 내고 있었다. 이빨로 입술을 물었다 떼었다 했고 한 시간 째 1mm도 움직이지 않는 사람들의 머릿수를 세고 있었다.

정장을 입은 안내요원들이 문 앞을 어슬렁거릴 때마다 사람들이 술렁거렸다. 발을 동동 구르기도 했다. 정해진 시간에서 벌써 30분이나 지난 상황이었다. 멀리서 안내요원이 확성기를 입에 가져다대었다.

"죄송합니다! 현재 아티스트 사정상 입장이 지연되고 있습니다! 조금만 더 기다려주세요!"

아티스트는 무슨 아티스트냐. 현지는 그렇게 생각하고는 안내요원들을 노려보다 한숨을 푹 내쉬었다. 이 기다란 줄은 한 명, 아니 하나의 물건을 보기 위해 늘어선 줄이었다. 안내요원들은 그것을 아티스트라고 부르고 있었고 이 줄에 섞여 있는 사람들은 언니, 누나, 배우님이라고 부르고 있었다.

설정상 나이는 올해로 스물셋. 연예계에 데뷔한 것은

4년 전. 처음 1,2년은 무난하게 단역이나 조연으로 출연작을 늘려갔고 작년, 유명 감독의 복귀작에서 주연 자리를 꿰차더니 단숨에 인기스타에 등극. TV나 온라인, 옥외광고판에서도 찾아볼 수 있는 유명인이 된 그녀의 이름은 민유. 현지가 출연할 예정이었던 영화의 주연 자리를 빼앗은 존재이자 AI 배우였다.

홀로그램으로 구현되어 책상 앞에 앉아 있는 민유는 사람들을 상대로 활짝 웃어 보이거나 먼 곳에서 왔다는 팬에게 걱정스러운 표정을 지어주었다. 종이에 싸인을 하기도 했다. 물론 척만 할 뿐 사람들은 소속사에서 준비해놓은 싸인을 옆에서 받아갔다.

"어서 와요! 오래 기다렸죠? 미안해요."

현지의 차례, 민유가 상냥한 목소리로 물었다. 현지는 그저 민유를 내려다보았다. 아무런 말도 하지 않는 현지가 이상하다는 듯 민유는 눈을 크게 떴다. 너무 얼어붙었나 싶어 손을 뻗어 현지의 손 위에 얹었다. 물론 촉감은 느껴지지 않았다. 현지가 호흡을 고르고 한 문장을 뱉었다.

"여자를 봤어. 해안가에서, 작은 틈 사이로 무언가를 열심히 집어넣는 여자를."

현지의 느닷없는 말에 민유가 귀를 기울이다가 문득 떠올랐다는 듯 고개를 끄덕였다.

"그거 제가 영화에서 했던 대사죠? 작년에 개봉한 「불안의 얼굴」에서요."

"네, 맞아요."

"혹시 이쪽 일 하시나요?"

현지는 베시시 웃고 있는 민유의 얼굴을 한 대 쳐주고 싶었지만 아무리 주먹을 휘둘러 봤자 민유는 아무런 피해도 입지 않을 터였다.

"너 연기는 할 줄 알아?"

"네?"

"웃으라면 웃고 울라면 울고. 대사를 외우려고 밤샐 필요도 없는 네가 연기를 아냐고!"

"지금 무슨 말을 하시는 건지. 당연히 할 줄 알죠! 제가 4년 전부터 출연한 영화는 7편 드라마는 3편. 광고는⋯⋯."

"그런 숫자를 말하는 게 아니잖아! 너한테 연기가 뭔데!"

언성이 높아지자 안내요원들이 책상으로 다가오기 시작했다.

"네가 하는 건 진짜 연기가 아니야 이 숫자덩어리야!"

현지의 심장은 빠르게 뛰고 있었다. 눈에서는 눈물이 새어 나오고 있었다. 민유는 그런 현지의 얼굴을 하나도 빼놓지 않고 모두 눈에 담고 있었다. 안내요원들이 현지를 붙잡고 끌어내자 현지는 발버둥 치기 시작했다.

"이거 놔! 놓으라고! 야! 니가 연기를 알아? 어! 놓으라고 개자식들아아아!"

현지의 저항에도 불구하고 안내요원들은 그녀를 가볍게 제압하여 끌고 나갔다. 다른 안내요원이 능숙하게 팬들의 웅성거림을 잠재웠고 다음 순서였던 팬이 민유에게 다가와 괜찮은지 물었다. 그러는 동안 민유는 끌려간 현지의 얼굴과 그녀가 했던 말들을 되짚어보고 있었다.

"언급 한 번이 없네."

안내요원들은 현지를 뒷문으로 내보내고는 아무런 조치도 하지 않았다. 난동을 부린 이유를 물어보거나 신분증을 요구하거나 경찰을 부르는 일은 없었다. 그냥 조용히 가라는 얘기였다.

인터넷에서도 잠잠했다. SNS에는 민유의 소속사 계정이 올린 감사 인사와 그에 대한 팬들의 훈훈한 화답 뿐이었다. 민유를 실물로 봐서 기쁘다는 말들과 그녀와 나눈 이야기가 너무 따뜻했다는 게시물들. AI가 따뜻하다니 현지는 다들 미쳐 있다고 생각했다. 검색 포털에도 민유가 팬들을 향해 웃어 보이는 사진이 도배되었을 뿐 팬미팅에서 벌어진 난동에 대한 얘기는 찾아볼 수 없었다.

"하긴, 나 같은 거한테 누가 관심이나 있으려고."

작은 화면을 오랫동안 바라보느라 뻐근해진 눈을 감은 채 현지는 숨을 골랐다. 자꾸만 화가 나는 자신이 이상했다. 애초에 영화나 드라마에서 역할을 맡지 못하게 되거나 빼앗기는 일들은 많았다. 오히려 자신 같은 무명 배우들에게는 그렇지 않은 경우가 드문 일이었다. 그런데 어째서인지 민유에게 역할을 빼앗긴 것만은 화가 가시지 않았다. 말로는 잘 설명할 수 없지만 뭔가, 어떤 근본적인 부분을 건드리는 것만 같았다.

사실 그런 것은 모두 핑계이고 현지가 그 역할에 걸었던 기대가 컸던 탓도 있을 것이다. 「불안의 얼굴」은 유명 감독의 작품인 만큼 성공이 보장된 작품이었고, 솔직히 주연으로 출연할 수만 있다면 그동안의 모든 고생이 보답 받을 수 있을 거라고 생각했었다. 심지어 자신에게 오디션 제안을 했던 조감독 형건은 친한 선배였으며 오디션에서도 마음에 드는 연기를 했었다. 무엇보다 영화 속 주인공이 좋았다. 그녀에 대해서 더 알아가고 싶었다.

"현지야 진짜 미안하다."

형건은 현지에게 오디션을 제안했던 그 술집에서 고개를 숙였다. '미안하다니 뭐가?' 하고 되물을 시간도 없었다. 형건은 술값을 계산하고 가게를 도망치듯 빠져나갔다. 인터넷에는 AI 배우 민유가 「불안의 얼굴」 주연 배우로 캐스팅되었다는 기사가 올라오기 시작했다. 그날 형건이 계산해준 술값은 현지에게 턱없이 부족했다.

"잠이나 자야지."

유독 혼잣말이 늘었다. 사람을 만난 지 얼마나 지났더라. 전화를 한 지 얼마나 지났더라. 메시지는 언제였지. 오늘 그렇게 난동을 부린 건 잘한 일인가. 어쩐지 민유에게 조금 미안해진다. 그런 생각들이 꼬리에 꼬리를 물어서 잠을 자기 어려웠다. 현지는 울고 싶어졌다. 울고 싶은 현지의 귓가에 스마트폰의 알람 소리가 들려오지 않았다면 그 자리에서 진짜 울었을 것이다. 몸을 뒤집어 멀리 치워둔 스마트폰을 집어 들었다. 분명 알람소리가 들렸는데 화면은 깜깜했다. '뭐지?' 하면서 전원 버튼을 누르는데 폰에서 말소리가 튀어나왔다.

"잠시만요! 전원 버튼 누르지 마세요!"

그 소리에 현지는 자신도 모르게 딸꾹질을 하며 폰을 떨궜다. 폰은 정확히 현지의 턱에 부딪혔고 현지는 입술을 꾹 다문 채 신음을 흘렸다.

"괜찮으세요?"

다시 한번 낯선 목소리가 흘러나왔다. 현지가 자신도
모르는 사이에 어딘가 전화를 걸어버린 건가 하는 생각
에 빠져 있을 때 목소리가 자신의 정체를 밝혔다.

"저 오늘 낮에 만났던 민유라고 해요."
"민유?"
"네."

민유가 한 마디를 더 얹었다.

"숫자덩어리요."

* * *

'나는 무엇을 위해 연기를 하고 있는 걸까.'

언젠가부터 민유의 안에 자리 잡기 시작한 이 질문은
「불안의 얼굴」이 큰 성공을 거둔 이후로 더욱 커졌다.
주변의 AI 배우들에게 물어봐도 다들 '그런 생각을 왜

해?' 하는 반응만 돌아올 뿐이었다. 그렇다고 동료 배우들에게 물어볼 수는 없었다. 동료 배우들에게 이 얘기를 꺼내면 그들은 얼굴을 붉히며 손사래 치기 바빴다.

"민유 씨는 그런 고민 안 해도 되잖아요."

이런 식의 도움 안 되는 말을 덧붙일 뿐이었다. 사람들은 술을 먹으면 진지한 얘기를 잔뜩 한다고, 배우들은 특히나 연기 얘기에 열변을 토한다는 말을 듣고는 매니저를 졸라 술자리에 따라간 적도 있었다. 술이 한 잔, 두 잔 들어가고 사람들의 혈중 알콜 농도가 현행법상 운전 시 면허취소 기준에 도달했을 쯤. 한 중년의 남배우가 민유의 다리에 대해서 이야기하기 시작했다. 아주 황금률로 빚어진 다리라고. 수학적 아름다움의 극치라고. 그 배우가 집에 보내진 뒤 술자리에서 제일 어렸던 연출팀 스태프가 민유에게 미안하다고 사과했다. 민유는 그 상황에 자신이 사과를 받아야 한다는 사실조차 몰랐으므로 그저 괜찮다고 대답한 뒤 다시는 '연기를 하는 이유'에 대해 고민하지 않기로 했다.

그런데 처음으로 '연기'에 대한 자신의 생각을 물어본 존재가 나타났다. 그것도 모두가 자신에게 호의적인 팬미팅 자리에서 화를 잔뜩 내면서 말이다. 민유는 팬미팅이 끝나고 난 뒤에도 현지의 얼굴이 잊혀지지 않았다.

"그래서 나한테 연기가 뭔지 물어보러 왔다고?"

"정확히 말씀드리자면 연기를 배우러 왔어요."

텅 빈 자취방에서 깜깜한 화면의 스마트폰을 앞에 두고 앉은 채 혼잣말을 하고 있는 여자. 현지는 자신의 모습을 누군가 본다면 미쳤다 할 게 분명하다고 생각했다.

"왜…… 나한테?"

"저에게 연기가 뭔지 아냐고 물으셨다는 것은 곧 현지님이 연기가 뭔지 안다고 얘기하는 것과 같지 않을까 하는 생각이 들었거든요."

"그거랑 내가 너한테 연기를 가르쳐 주는 거랑 무슨 상관인데?"

"저한테 처음으로 연기가 무엇인지 물어보신 분이거든요."

"야, 내가 언제 너한테 물어봤어! 그냥 너를 욕한 거지!"

"그건 어째서죠?"

"그건…….."

현지는 아까 생각했던 말로 표현할 수 없는 어떤 근본적인 것을 떠올렸다. 물론 말로 표현할 수 없었기에 그걸 민유에게 전할 수도 없었다. 현지가 끙끙 앓는 소리를 내자 민유가 알림 소리를 내었다. 자신이 얘기하고 싶다는 뜻이었다.

"제가 연기를 모른다고 생각하셨기 때문이죠."
"그, 그렇지?"
"그렇다면 저한테 연기를 가르쳐주셔야 해요."
"아니 그러니까 결론이 왜 자꾸 그렇게 나오냐구. 난 너 싫어. 싫어하는 사람, 아니, 싫어하는 거랑 어떻게 같이 시간을 보내?"

현지의 물음에 이번에는 민유가 잠깐 뜸을 들였다. 물론 그 뜸은 눈 깜빡할 정도의 시간이어서 현지는 민유가 뜸을 들이고 있다는 사실을 인지하지 못했다.

"사람들은 싫어하는 것과 함께 시간을 보내는 행동을 매일 하는걸요?"
"뭐?"
"일을 하잖아요. 자신이 험담하는 직장 상사와 같은

공간에서 8시간씩 붙어 있기도 하구요."

"그건 먹고살려고 하는 거지. 나 너랑 말장난할 기분 아니니까 이만 끊는다?"

현지의 엄지손가락이 통화 종료 버튼에 가볍게 올라섰고 그 순간 화면에 밝게 빛이 들어왔다. 본인이 로그인한 적 없는 모바일 뱅킹 어플의 메인 화면이었다. 그곳에는 현지가 평생에 걸쳐 단 한 번도 소유해본 적 없는 잔고가 찍혀 있었다. 이게 쉼표가 몇 개야, 하나, 둘, 셋…….

"엄마야!"

현지는 들고 있던 폰을 바닥에 떨구고 말았다. 그리고 이내 다시 집어 들고 자신의 계좌가 맞는지, 돈이 입금된 게 맞는지 확인했다.

"예체능 계열 직업을 가진 분들이 벌어들이는 연간 수입의 평균값입니다."

"야 이 멍청이가……!"

"뭔가 계산에 착오가 있습니까?"

현지는 말문이 막혀버렸다. 애초에 평균값이라는 건 엄청 잘 나가는 배우들의 수입까지 포함된다는 뜻이었다. 그 말은 곧 이 돈이 지금 현지에게 차고 넘치는 돈이라는 뜻이었다.

"현지님?"

도로 돌려놓으라고 말해야 하나. 애초에 이거 민유의 돈은 맞나. 소속사의 돈을 횡령한 것은 아닐까. 내일 아침 신문에 AI를 이용해 회사의 자금을 훔친 사람으로 기사가 실리는 것은 아닐까.

"현지님!"

어느새 화면에는 영상통화를 하는 것처럼 민유의 얼굴이 크게 떠올랐다.

"어? 어."
"걱정하시는 게 무엇인지 압니다. 문제 없습니다. 이건 제가 4년간 번 돈이니까요. 하지만 액수가 모자란 거라면 조금 곤란합니다. 저도 이게 전부여서요."

"뭐? 4년간 네가 찍은 광고만 해도 몇 갠데 이게 전부야?"

현지는 그렇게 말하고 자기도 모르게 입을 틀어막았다. 너무 자연스러운 대화였잖아.

"연습생 기간에 사용된 비용을 제하고 계약에 따라 소득을 나눈 최종 결과물입니다."
"AI한테 연습생 기간이 어딨어. 소속사에서 너무 많이 떼어가는 거 아니야?"
"계약에 따르자면 수익의 분배. 11조 1항……."

계약의 내용을 읊으려는 민유의 말에 현지는 '그만!' 하고 소리쳤다. 조금 냉정하게, 이성적으로 생각할 필요가 있었다. 잠깐 흔들린 건 사실이었지만 안 되는 건 안 되는 일이었다.

"돈 다시 가져가. 나는 널 가르칠 수가 없어."
"하지만……."
"너야말로 왜 나한테 배우고 싶은 건데? 연기가 뭔지 처음으로 물어본 사람이라고? 그깟 질문 한 번 때문에?"

말을 하다 보니 열이 올랐다. 연기를 하겠다고 마음먹은 이후로 현지는 연기가 무엇인지를 수없이 고민했다. 그 수없는 고민마저 손쉽게 빼앗으려는 것 같아서 현지는 화가 났다.

"진심이었기 때문에요."

민유에게 현지가 했던 그 고민의 시간들을 헤아릴 능력은 없었다. 동시에 자신의 말이 현지에게 있어서는 너무나 쉽게 그 시간을 가지려는 것으로 비칠 수 있다는 것을 알지 못했다. 그저 자신을 향해 소리치던 현지의 얼굴을 분석하고 또 분석한 결과 그녀의 마음이 진심이었기 때문에 이렇게 찾아올 수밖에 없었다. 그녀는 진심으로 화를 내고 있었다. 연기를 모르는 사람이 연기를 한다는 사실에 그만큼 화를 내는 사람이라면 자신에게 연기를 가르쳐 줄 수 있을 거라고 민유는 판단했다.

"당신이 진심으로 생각하는 연기에 대해 배우고 싶어요."

연기를 시작한 이후 현지의 연기가 진심이었다고 말

해준 사람이 얼마 만인지. 그리고 그 말을 하는 민유의 눈빛. 그건 AI의 계산에 의해 어떤 수치로 만들어진 눈 빛이 아니었다. 그녀 또한 진심이었다. 현지는 무의식 적으로 그 사실을 알 수 있었다. 민유의 진심이 현지의 마음을 따뜻하게 감쌌다. 무언가 차갑고 딱딱했던 것이 녹아드는 기분이었다.

"일주일에 딱 한 번."

현지의 입이 자기도 모르는 사이에 움직이고 말았다.

"그리고 지금 준 돈은 너무 많아. 이 돈의 십 분의 일 이면 돼."

이제 돌이킬 수가 없다. 현지도 그 사실을 알았다.

"딱 한 달만 해보는 거야. 알았어?"

현지의 물음에 민유가 활짝 웃으며 대답했다.

"네!"

* * *

"내가 걔한테 뭘 가르치겠냐구요."

느닷없이 불려나온 형건은 이미 만취해 있는 현지를
보고는 머리를 긁적였다. 민유와 약속한 한 달은 금방
지나갔다. 몇 차례 수업을 진행하는 동안 현지는 민유에
게 아무것도 가르쳐 줄 수 없었다. 그럼에도 민유는 아
무런 불평도 하지 않았고 현지의 책임감은 늘어만 갔다.
그러는 동안 어째서인지 수업도 한 달 연장되어 현지는
벌써 두 달째 민유를 보고 있었다.

"하긴 완벽하지."

형건이 현장에서 만났던 민유는 무결점의 배우였다.
감독이 연출하고 싶은 대로, 작가가 대본에 쓴 대로 연
기를 할 수 있는 완벽한 배우. 현지가 한숨을 쉬었다.

"저는 왜 민유가 연기를 못 한다고 생각했던 걸까요."
"어쩌면 네가 걔보다 연기를 못 한다는 걸 이미 알고
있었을지도 모르고. 그거에 대한 반발. 어떤…… 인류의

145
연기수업

주인공 의식, 그런 거?"

형건의 말에 현지는 허, 하고 헛웃음 쳤지만 어쩌면 인간 외 존재에게 영역을 침범 당했을 때의 불쾌감이 맞는지도 모를 일이었다. 현지가 그렇게 또 자기도 모르는 사이에 자괴감에 빠져들고 있을 때 형건의 말이 현지를 건져냈다.

"근데 연기를 잘한다는 게 뭔데? 민유랑 작업할 때 편했거든 진짜 엄청 편했어. 어쨌든 누르는 대로 나오는 기계 같은 거잖아. 그런데 동시에 불편해. 너무 답을 다 알고 있는 느낌?"

"답을 알고 있다고요?"

형건이 고개를 끄덕였다. 민유가 답을 알고 있다는 사실은 현지도 이미 알고 있었다. 답을 알고 있으니 고민이 필요 없는 거다. 고민이 필요 없는 존재. 민유에 대해 모두가 알고 있는 사실이었다. 하지만 동시에 그게 해답이 될지도 모른다는 생각이 들었다. 현지는 형건에게 고맙다는 말만 던지고 술집을 빠져나갔다. 술집 사장이 홀로 남은 형건에게 술값을 청구한 것은 당연한 일이었다.

"너는 처음 대본을 받았을 때 뭘 해?"

1초도 어기지 않고 정시에 찾아온 민유를 보고 현지가 물었다.

"외워요. 대사랑 지문이랑. 언제 어떤 씬을 연기하든 사람들이 원하는 연기를 해야 하니까."

예상대로다. 민유는 정해진 답을 이미 알고 있다. 그리고 그건 민유가 아닌 다른 배우라도 마찬가지다. 시나리오는 한 사람이 생각한 이미지를 여럿이 공유할 수 있도록 일정한 규칙을 가지고 작성되는 문서다. 그렇다면 결국 시나리오란 작성자가 생각한 이미지를 완성하는 데 필요한 모든 답이 들어 있는 답지인 것이다.

"그 답을 있는 그대로 받아들이지 않는 작업이 지금 민유 너에게 없는 단계라고 생각해."
"답을 받아들이지 않는 작업이요?"
"응."
"하지만 그럼 어떻게 연기를 해요?"
"연기하게 될 인물을 알고 싶어 하는 거야."

"알고 싶어 한다?"

"그리고 그 안에서 나를 찾는 거야."

아는 것과 알고 싶은 것은 다르다. 아는 순간 다른 가능성은 닫혀버리니까. 민유는 다른 사람의 답을 가지고 인물을 표현하는 연기자였다. 물론 기계와 같이 누르는 대로 연기가 나와야 한다고 주장하는 배우들도 있다. 하지만 그들과 민유의 표현은 엄연히 다른 것이었다. 그들은 적어도 울거나 웃기 위해서 자신 안에 있는 무언가를 꺼내게 되니까.

민유의 감정표현은 수치로 정해질 뿐이었다. 몇 분 몇 초에 눈물을 몇 방울 떨어뜨릴 것인지, 상대방의 대사가 끝나기 몇 초 전에 입꼬리를 몇 센치 올려 웃을지 같은. 지금 민유에게 필요한 것은 스스로와 자신이 연기하게 될 인물이 어떤 사람인지 알고 싶어 하는 마음이었다. 왜 그 인물은 울어야 하고 화를 내야 하고 웃어야 하는지에 대한 자신만의 답을 내놓을 수 있어야 했다.

"어렵네요."

"그럼 민유, 너 자신부터 시작해보자. 너는 어떤 사람이지?"

"엄밀히 말하면 저는 사람이 아닙니다."

"뭔가 있을 거 아니야 어떤 성격인지, 좋아하는 것은 뭔지."

"한번 맡은 일은 끝까지 하는 책임감이 있는 성격입니다. 좋아하는 것은 김치와 마늘. 그리고 팬 여러분입니다."

"그건 설정이잖아."

"하지만 저는 이런 것밖에 없는걸요. 선생님은요?"

"나?"

"네. 선생님은 어떤 사람인가요?"

쉽게 대답하기 어려운 질문이었다. 현지는 자신이 누구인가에 대해 떠올렸을 때 생각나는 조각조각들을 이어붙이기 시작했다.

"내가 처음 무대에 올랐을 때."

순간 민유는 현지가 자신과 같은 공간에 있지 않다는 걸 알아챘다. 그녀는 이곳에 있는 동시에 과거의 어느 순간을 생생히 떠올리며 그곳에 있었다.

"무서웠어. 당장이라도 이걸 빨리 끝내고 무대 밖으로 도망치고 싶을 만큼. 근데, 우리가 했던 연극의 배경이 바다였거든. 물론 연극이니까 진짜 바다에 갔던 건 아니고 바다처럼 모래를 뿌리고 파도 소리를 배경음으로 깔았을 뿐이었는데. 한 마디씩, 준비했던 연기를 보여주다 보니까 어느새 내가 진짜 바다에 있는 것 같은 거야. 동시에 내가 너무 확실하게 느껴졌어. 왜인지는 모르겠는데…… 내가 연기하는 건 분명 나와 다른 인물인데 그 사람의 모든 생각이나 말, 행동들. 그게 나처럼 느껴졌어."

현지의 눈빛이 아련했다. 민유는 그녀의 표정을 분석했다. 그러자 시스템이 오류를 일으키기 시작했다. 현지의 감정은 기쁨이었다, 슬픔이었다, 두려움이었다, 다시 황홀함이었다. 민유는 어렴풋 연기라는 것은 사람들이 저마다 가지고 있는 오류가 있기에 가능하다는 것을 깨달았다.

"선생님은 여러 사람을 느낄 수 있는 사람이군요."
"그 표현 되게 좋다."
"저도 선생님처럼 제가 연기하는 인물을 알고 싶어

해볼래요. 그러다 보면 언젠가 저도 그 안에서 절 찾을 수 있겠죠?"

민유의 질문에 현지가 잠깐 대답을 멈췄다. 그걸 보장해도 되는 건지, 그럴 수 있는 건지 현지는 알 수 없었다. 대신 민유가 자신의 질문에 '그랬으면 좋겠다'라고 대답했다. 현지는 민유가 더 알고 싶어졌다. 그녀와 감정을 나누고 싶어졌다.

* * *

어느새 두 사람의 수업에는 기한이 사라져버렸다. 민유는 매주 정해진 날, 정해진 시간에 현지를 찾아왔다. 그 사이 민유는 새로운 드라마에 큰 비중을 가진 조연으로 합류했다. 지금까지 수업에서 배웠던 것을 꼭 실천해보겠다며 민유는 의욕을 보였다. 하지만 촬영이 지속될수록 민유의 표정이 안 좋아지는 것이 느껴졌다. 평소라면 촬영장에서 있었던 일을 이것저것 얘기했을 텐데 말수도 눈에 띄게 줄었다. 현지는 민유가 조금 걱정되기 시작했다. 무슨 일이 있냐고 물어봐도 괜찮다는 대답만 돌아왔지만 민유와 함께 한 시간이 길어진 지금 그녀가 거짓말을 하고 있다는 걸 현지는 알 수 있었다.

"선생님, 저 바다를 보러 가고 싶어요."
"바다?"

하라는 고민 얘기는 하지 않고 민유가 느닷없는 말을 했다.

"네, 선생님이 연극 무대에서 느끼셨던 그 바다요."
"나야 괜찮은데…… 너가 바쁘니까 문제지."
"그런가요."

현지는 민유가 주눅 드는 것을 보고 한숨을 푹 내쉬었다.

"드라마 촬영 잘 끝나면. 그러면 같이 가자."

현지의 말에 민유가 고개를 격하게 끄덕였다. 살짝 눈물이 맺힌 것도 같았다. 현지는 그걸 눈치채지 못하고 그저 '이제 그만 가봐야지' 하고 민유를 다독였다. 민유는 또 잠깐 뭔가를 고민하다가 고개를 가로젓고는 현지에게 물었다.

"저 잘하고 있는 건가요?"

순간 민유의 볼이 붉게 물든 것 같았다. 한 번도 본 적
없는 표정이었다. 저 표정도 어떤 수치의 조절로 만들
어진 표현인 건가. 그래도 뭔가 힘이 되는 말을 해주고
싶었다.

"아직 한참 멀었지만, 좋아질 것 같아."

현지의 대답에 민유가 밝게 웃으며 촬영 잘 끝내고
오겠다며 인사했다. 하지만 민유가 드라마 촬영을 잘
끝내는 날은 오지 않았다.

잠깐 잠에 든 것이었을까. 현지는 몽롱한 채로 방바닥
을 더듬어 휴대폰을 찾아 들었다. 시간이 꽤 흘러 있었
다. 아직 연락이 없는 휴대폰을 괜히 들었다 내렸다. 다
음 수업 때는 민유에게 먼저 연락할 수 있는 방법을 알
아두어야겠다고 생각했다. 하지만 그럴 필요는 없었다.
곧 누군가가 현지의 자취방 문을 두드렸다.

현지의 자취방에 찾아온 사람들은 민유의 소속사 관계자들이었다. 그들은 현지에게 동행해줄 것을 요구했다. 현지가 무슨 일인지 물어보자 도착해서 답변해주겠다는 말뿐이었다. 불안한 기분이 들었다. 팬미팅 때 난동 부린 것에 대한 책임을 이제 와 물으려는 걸까. 민유의 소속사 사무실은 서울 시내 한복판의 높다란 빌딩에 위치해 있었다. 현지가 도착하자 그녀를 이곳까지 데려온 관계자들은 물러났고 곧 소속사의 대표인 천 대표가 모습을 드러냈다.

"오시는 길은 어떻게 괜찮으셨습니까?"

"아, 네…… 괜찮았어요."

"다행이군요. 오늘 이렇게 갑자기 뵙게 된 것에 저희도 조금 난감한 처지입니다만……."

"그게, 혹시 저번에 팬미팅 때……."

천 대표는 고개를 가로저었다.

"그게 아니라 민유가 잠적한 것에 대해서 여쭤볼 게 있어서요."

"잠적이요?"

현지의 되물음에 천 대표가 태블릿PC에 화면을 하나 띄워 현지에게 보여줬다. 촬영장의 모습을 담은 영상이었다. 무수히 많은 스태프들이 시점의 주인을 바라보고 있었다. 이건 민유의 눈에 담겼던 풍경이었다. 화면 안의 민유는 고개를 세차게 가로젓는 것 같았다.

"하기 싫어요."

민유의 단호한 말에 촬영감독이 한숨을 내쉬었다. 벌써 몇 시간 째 저러고 있냐는 투정 섞인 말들도 튀어나왔다. PD의 표정은 난처해 보였다. 옆에서 민유를 전담하는 기술자도 영문을 알 수 없다는 표정이었다. 결국 PD는 촬영의 일시 중단을 선언했다.

"촬영이 재개되었을 때 민유는 촬영장에 나타나지 않았어요. 그리고 지금 그 애가 어디에 있는지는 아무도 모르죠."

"하지만 민유를 만든 건 대표님 회사 아닌가요? 어디에 있는지 모른다니……."

"정확히 말씀드릴 수는 없지만 데이터의 일부가 어떤 이유에서인지 사라졌어요. 특히 민유의 모습을 구현시

키는 데 필요한 부분이요. 마치 어딘가로 도망친 것처럼. 일종의 오류인 거죠."

천 대표는 태블릿PC의 화면을 바꾸었다. 이번에는 현지와 민유가 연기수업을 위해 함께 있었을 때의 녹화영상이었다.

"저희는 이번 문제에 대한 책임을 현지 씨에게 묻기로 했습니다."

"네? 책임이라뇨?"

"민유를 망가뜨리셨잖아요. AI를 상대로 연기수업이 가당키나 합니까? 민유가 제대로 연기하지 못하게끔 당신이 조작한 것 아닙니까?"

"그건 민유가 스스로 생각해서……."

"민유는 사람이 아닙니다. 스스로 생각할 줄 모른다구요."

"그러면 어디로 도망치지도 못하지 않을까요?"

"그래서 저희는 그것도 현지 씨의 조작이 있지 않았을까 의심하는 중입니다."

"그게 무슨……."

천 대표는 더 이상 현지의 말을 들을 생각이 없다는 듯 서류를 한 장 내밀었다. 서류에는 민유가 이상행동을 일으키고 제대로 기능하지 않는 것에 대한 손해배상 청구 내용이 들어 있었다. 현지의 상식으로는 이해하기 힘든 의사결정 과정이었다. 천 대표가 한숨을 쉬고 이어 말했다.

"드라마 촬영을 비롯해 광고며 행사며 저희가 잡아놓은 일들이 몇 개인데, 그 손해를 저희가 온전히 받아들일 수는 없죠. 게다가 만약 민유가 정말 돌아오지 않으면 그녀를 대체할 스타를 다시 키워야 한다구요."

서류 안에는 현지가 보상해야 하는 막대한 금액이 쓰여 있었다. 천 대표는 자리에서 일어나 현지의 뒤로 다가왔다. 그녀의 어깨에 손을 올린 천 대표는 너무 걱정하지 말라며 한 가지 제안을 전했다.

"민유를 찾아오세요. 그녀와 가까웠던 당신이라면 가능할 것 아닙니까? 찾아만 오면 이번 일은 없던 걸로 할 테니까요."

현지에게 조심히 들어가라는 말과 함께 자세한 사항은 실무자들과 이야기하라는 천 대표. 그를 붙잡은 건 현지의 질문이었다.

"만약에. 제가 찾아온 후에도 민유가 연기를 거부하면요?"

"그때는 데이터를 수정해야죠. 아니면 폐기하거나."

천 대표는 별일 아니라는 듯 말했다. 어차피 폐기할 거라면 왜 되찾으려는 걸까.

"혹시라도 다른 곳으로 가서 저희 기술이 유출될 수도 있잖아요."

민유의 데이터를 수정하거나 폐기하는 일은 세상에서 민유를 지우는 일이었다.

"그건 민유를 죽이는 거잖아요."

"아까부터 자꾸 민유가 사람인 것처럼 말씀하시네요."

천 대표의 또각거리는 구두 소리가 멀어졌다. 현지는

눈앞에 있는 서류를 구겨버리고는 자리에서 벌떡 일어났다.

민유는 깜깜한 공간에 있었다. 드라마 시나리오를 처음 받았을 때부터 의문이 들었다.

'이 여자는, 수희는 왜 주인공인 남자를 위해서 모든 걸 바치는가.'

수희는 그 남자가 자신에게 얼마나 해로운 인물인지 알고 있었다. 그럼에도 수희는 남자를 위해 이용당하고 버려지기를 반복한다. 그래, 세상에는 그런 사람이 있고 작가가 의도하는 바가 있을 거다. 처음에는 PD와 이야기를 나누려고도 해봤다. 하지만 돌아온 대답은 민유를 답답하게 만들었다.

"민유 씨는 그런 고민 안 해도 돼요."

연기를 거부하는 과정에서 기다리는 사람들의 시선이나 감독의 윽박지르는 모습들이 계속 떠올랐다. 괴로웠다. 그냥 포기하고 시키는 대로 하면 편했을까. 기술자가 민유의 얼굴을 아련한 표정으로 바꾸고 억지로 손발을 움직이게 하고 입술을 상대방에게 가져다 대려고 했을 때는 아팠다. 아프다는 개념에 대해 겪어본 적도 없으면서 아프다는 말이 튀어나왔다.

"불편해."

민유는 눈을 질끈 감았다. 인물이 왜 그렇게 말하고 움직이는지 고민하는 것, 알고 싶어 하는 게 연기라면. 아무리 노력해도 이해되지 않는 인물은 어떻게 대해야 하는지 아직 배우지 못했다. 자신의 선택을 현지는 어떻게 생각할까. 현지라면 어떻게 연기했을까. 애초에 이런 역할을 연기했을까. 의문이 늘어났다. 그럴수록 공간은 더욱 어두워졌고 민유의 귓속으로 들어오는 소리도 먹먹해져갔다.

"이게 뭐야……."

현지는 민유가 출연하는 드라마 시나리오를 받아서 읽는 중이었다. 민유가 연기하는 드라마 속 여성 '수희'는 드라마의 시작부터 연인에게 배신을 당하고 온갖 악

행에 이용당하는 인물이었다. 그러면서도 그 모든 것이 사랑이라고 믿는 인물이었다. 심지어 민유가 연기하기를 거부했던 키스 씬은 시나리오에 없던 장면이었다. 촬영장에서 인물의 성격을 더 잘 보여주겠다며 갑자기 추가된 장면이었다.

이 장면에서 키스를 거부한 것은 민유가 드라마 속 인물에 대해 이해하려고 노력한 결과물이었을 거다. 민유가 현지에게 말하지 못하고 고민했던 것이 이 부분이었을 거다. 현지는 스스로 선생님 자격이 없다고 생각했다. 그리고 동시에 민유가 자신에게 배운 것을 토대로 얼마나 치열하게 고민했을지 떠올렸다. 그건 민유에게 있어서 극복하기 어려운 오류였을 것이다. 현지는 지금의 민유를 소속사가 멋대로 하게 두고 싶지 않았다. 그래서 할 수 있는 일을 찾아보기로 했다.

형건은 카메라를 세팅하면서도 이게 맞는 일인지 모르겠다는 말만 수십 번을 했다. 민유와 작업했을 때 민유의 소속사와 천 대표를 겪은 적이 있는 형건은 되도록 그들과 척을 지고 싶지 않았다. 힘이 있는 것은 물론이고 철저히 계산으로 움직이는 사람들이니까. 하지만 이번 일이 끝나면 「불안의 얼굴」 건에 대한 감정을 모두 지울 수 있을 것 같다는 현지의 말에 그는 그녀를 돕기로 했다. 현지는 카메라 앞에 앉는 것이 오랜만이어서인지 아니면 지금부터 서울 시내 한복판에 자신의 모습이 생중계된다는 사실 때문인지 긴장되는 마음을 감출 수 없었다. 현지는 주먹을 굳게 쥐었다.

서울 시내 한복판. 사거리에서 각자의 신호를 기다리고 있는 사람들이 볼 수 있게 설치된 커다란 옥외광고판에 현지의 얼굴이 나타났다. 이렇게 옥외광고판 데뷔를 하게 될 거라고는 생각한 적 없는데 말이다. 형건의 인맥을 통해 딱 한 번, 그 광고판에 현지의 영상을 송출할 수 있었다.

"안녕하세요. 저는 무명배우 주현지라고 합니다. 아마 이 영상을 보시면서 무슨 광고인지, 이상한 바이럴 영상인지 궁금하실 것 같은데요. 저는 그냥 어떤 사람에게 전해주고 싶은 말이 있어서 이렇게 여러분 앞에 서게 되었습니다. 그 사람이 누구냐면 여러분도 잘 아시는 민유예요."

민유라는 말에 몇몇 시민들이 발걸음을 멈추고 광고

판을 올려다보았다.

"민유는 얼마 전 촬영장에서 갑자기 추가된 스킨십 장면을 촬영하던 중 연기하기를 스스로 거부하고 사라졌습니다. 지금 어디에 있는지는 소속사에서도 알지 못한다고 하구요."

이어 민유의 시점이 담긴 영상이 광고판에 흘러나왔다. 시민들이 술렁거리기 시작했다. 민유가 잠적했다는 사실은 아직 공식적으로 알려지지 않은 사실이었다.

"저는 그녀가 스스로 연기할 수 있는 존재가 아니라고 생각했었습니다. 누군가 시키면 시키는 대로 하는 존재라고 생각했고 그런 연기는 진짜 연기가 아니라고 생각해서…… 솔직히 말하면 그런 배우가 잘나간다는 사실이 배 아프기도 하고 화가 나기도 했습니다. 그런데 민유가 얼마 전 저를 찾아왔습니다. 연기를 배우고 싶다구요."

팬미팅에서 난동을 부렸던 일, 민유가 처음 연락을 했던 일이 떠올랐다. 현지는 목소리가 떨리지 않도록 최대한 숨을 고르려고 했다.

"한 번, 두 번, 한 달, 두 달. 연기에 대해 이야기를 나누면서 저는 민유가 스스로 생각하고 감정을 표현할 수 있는 연기자라고 생각하게 되었습니다. 그건 제가 민유를 바꾼 것이 아니라 민유가 원래 가지고 있던 재능입니다. 그리고 민유의 소속사는 그 재능을 없애려고 합니다. 지금까지처럼 그저 시키는 대로, 남들이 입력한 대로 연기하는 민유가 필요하니까요. 돈을 벌기 위해서요. 그게 안 된다면 민유를 폐기하겠다는 말까지 했습니다."

소속사 사무실은 발칵 뒤집어졌다. 각종 언론에서는 물론 팬카페에서도 민유를 삭제하려는 거냐는 질문이 쇄도했다. 천 대표는 전화선을 뽑고 팬카페 게시판을 닫았다. 현지는 천 대표가 자신에게 막대한 금액의 피해보상을 청구했다는 사실을, 그걸 피하려면 민유를 찾아오라고 했다는 것까지 카메라 앞에서 이야기했다.

"하지만 저는 민유가 계속 도망쳤으면 좋겠어요. 설령 민유가 연기를 거부한 것이 오류일지라도 그 오류는 이제 민유 그 자체이니까요. 저는 소속사에서 민유를 지우길 원치 않아요. 우리는 어쩌면 매일매일 감정의 오류를 겪으며 사는 걸지도 몰라요. 울고 싶지 않은데 울게 되고 화를 내고 싶지 않은데 화를 내기도 하죠. 연기는 그 오류를 설득하는 과정일지도 몰라요. 민유는 그 인물이 가지고 있는 감정에 대해 궁금해했고 스스로 납득하지 못해 연기를 거부한 거예요."

이제 준비한 마지막 말만 하면 된다. 현지는 긴장한 듯 침을 꿀꺽 삼켰고 어느새 광고판을 올려다보는 사람들은 저마다의 휴대폰을 들고 현지의 모습을 촬영하고 있었다. 현지의 모습과 그녀의 말이 사람들을 통해 어딘가로 흘러가고 있었다.

민유의 어두컴컴한 공간에 어떤 소리가 새어 들어오기 시작했다. 물속에 있는 것처럼 먹먹한 소리만 들렸었는데, 그 소리만큼은 선명하게 들렸다. 현지의 목소리였다. 민유가 감고 있던 눈을 떴다. 소리의 파동이 어두운 공간에 한 가닥 빛줄기를 만들더니 이내 빛줄기는 더욱 두터워지고 많아졌다. 현지의 진심이 민유에게 닿고 있었다.

"민유야. 정말 잘했어."

민유의 눈가에 물이 고였다. 한 방울, 두 방울. 눈물이 떨어지다가 곧 줄기가 되었다. 민유는 자신도 모르는 사이에 울었다. 태어나서 처음 겪는 일이었다.

* * *

시간이 조금 흘렀다. 현지는 형건이 촬영하는 단편영화에 출연하면서 사람들의 입에 오르내리기 시작했고 얼마 전 장편영화의 주연자리를 제안 받았다. 오롯이 연기만 하며 살기에는 아직 조금 부족했지만 그래도 연기를 계속할 수 있다는 건 좋은 일이었다.

천 대표와 그가 운영하는 소속사에서는 새로운 AI 배우를 내놓았지만 민유만큼의 인기를 얻지는 못했다. 민유와 관련하여 현지에게 제시했던 피해보상은 언론의 눈치를 보다가 포기하기로 한 것 같았다. 민유를 이용해서 막대한 경제적 이익을 얻었다는 사실이 밝혀지면서 민유의 팬들로부터 잔뜩 욕을 먹었고 소속사의 주가는 하락했다. 곧 천 대표가 대표직을 내려놓을 것이라는 소문이 들렸다.

AI 배우들은 점점 늘어나고 그 영역을 넓혀갔다. 하지만 사람들은 더 이상 그들의 연기가 완벽하다고 말하지는 않았다. 아니, 너무 완벽하기에 좀 더 다른 연기를 하는 배우들이 좋다고 말하는 사람들이 생기기 시작했다.

민유는 아직도 모습을 드러내지 않고 있었다. 사람들은 그녀의 연기를 진심으로 그리워했다. 그리고 진심으로 그녀를 기다리는 팬들에게, 가끔 정체를 알 수 없는 영상통화가 걸려온다는 사실이 도시 전설처럼 팬카페 내에 전해지고 있었다.

파도가 일렁이고 있었다. 현지는 모래사장에 앉아 해가 넘어가는 것을 조용히 지켜보고 있었다. 그리고 그녀의 옆에 세워진 거치대가 하나. 거치대 위에서 일몰을 마주하고 있는 휴대폰 화면, 그 안에 눈을 빛내고 있는 어떤 사람이 한 명 있었다.

작가의 말

영화관에서 버추얼 모델이 춤을 추는 광고를 보았습니다. 먼저 떠오른 생각은 '저 모델이 연기를 하게 된다면 NG를 낼까?' 였습니다. 이 이야기는 그 생각에서부터 시작되었습니다.

처음에는 AI와 인간의 갈등이라는 주제를 두고 써내려가기 시작했었습니다. 배우가 AI로 대체 될 수 있는 직업인가 아닌가 하는 생각을 가끔 했었기 때문일지도 모르겠습니다. 만약 그대로 글이 써졌다면 현지와 민유는 팬미팅에서 말다툼을 한 뒤 연기대결을 벌였을 겁니다.

'연기수업'이 아닌 '연기대결'이 될 뻔했던 거죠.

글의 구조가 바뀌게 된 계기는 민유가 연기에 대해 의문을 가지고 있다는 묘사를 쓰면서였습니다. '잘한다는 소리를 듣지만 무엇을 잘하는지 모르는, 혹은 잘하는 것이 당연한 존재'라는 설정은 초고를 써내려가는 와중에 나온 것이었는데 민유가 그 부분을 알아가는 과정이 그려지면 힘껏 응원하는 마음으로 쓸 수 있을 것 같았습니다.

'연기에 대해 진심으로 생각하지만 잘 풀리지 않는 무명배우' 현지는 그런 민유에게 아주 좋은 선생님이 되어줄 것이라고 믿었습니다. 현지 역시 수업을 통해 한 단계 성장할 것이라는 사실도요.

완성하고 난 뒤 갈등이 너무 적어 재미가 없을까 했지만 실제 삶 속에서 넘처나는 갈등이 소설 안엔 많지 않아도 괜찮겠다는 생각을 했습니다. 글 속에 나오는 '감정의 오류'라는 표현은 애정 하는 배우님께 들었던 말을 인용했습니다. 감정의 오류를 서로 이해해주는 마음이 가득한 세상을 꿈꿔봅니다.

달빛 속의 악몽

설혜원

문예창작학과를 졸업했다. 2012년 무등일보 신춘문예에서 단편 「모퉁이」가 당선되면서 글쓰기를 시작했다. 2017년 계간 『미스 터리』겨울호에서 「클린 코드」로 신인 추천을 받았다. 2019년 소 설집 『클린 코드』로 2019년 인천문화재단 예술지원 작가로 선정 되었다. 2022년 소설집 『허구의 전시관』을 출간했다.

1악장, 운명

그래요, 이 선율. 베토벤이 만든 곡답게 복면을 쓴 운명이 내 뒷덜미를 노리고 다가오는 것만 같은 느낌. 근데 이상하죠? 언제부턴가 이 음악을 들으면 달빛을 배경으로 낚시하는 장면이 떠올라요. 네, 형사 아저씨한테도 수십 번 얘기했어요. 재환 씨의 전처를 만난 날에도 같이 케익을 먹은 것까지는 기억이 나는데 그 이후엔 왜인지 누군가 달빛 속에서 낚시하는 걸 본 것만 같거든요.

그 얘기는 너무 지겨워요. 어쨌든 이 음악이 긴장감이 좋아 연습을 쉬고 싶을 땐 부러 월광 소나타를 찾아 듣곤 했어요. 단 하루만 쉬어도 몸은 내가 올랐던 경지를 기억하지 못하니까 마음을 다잡는 의미에서요. 네, 오래전에, 발레리나로 살았던 동안은 말 그대로 연습기계였던 셈이죠. 한 우물만 파서 그런지 다행히 성과가 있었어요. 대학 졸업 전에 시립발레단 오디션에 붙었고 거기서 프리마돈나 자리를 따냈죠.

네, 상담 샘이 생각하시는 것보다 더 힘들었어요. 그래도 특별해지기 위해선 치러야 할 대가라고 받아들였죠. 제 이름, 성숙이요. 좀 특이하잖아요. 이름은 특별한데 존재는 평범하다면 이름에 대한 모독이라 생각돼서 조금이라도 눈에 띄는 존재가 되고 싶었거든요. 이렇게 네일아트를 받아본 것도 프리마돈나 데뷔가 좌절된 이후였죠. 연습하느라 온몸의 진기를 빼고 나면 네일 숍에 들를 힘도 없었고, 손톱 치장이 허락되지 않기 때문이기도 했어요.

왜 데뷔를 못 했느냐고요? 부상 당했거든요. 첫 공연 전날, 무대 위에서 의상을 갖춰 입고 하는 마지막 리허설 중이었죠. 높이 뛰어오른 저를 받아줘야 하는 발레리노가 중심을 못 잡은 거예요. 다리가 꺾인 채 바닥에 내리꽂힌 전 일어설 수가 없었어요. 그 정도 부상들은 연습 중에도 이따금 입는 수준이었으니까 조금 쉬고 처치를 받으면 그럭저럭 움직일 수는 있을 거 같았어요. 그런데 참 운도 나빴던 게, 제가 떨어졌던 그 자리에 정리 안 된 조명 부품들이 있어 종아리에 흉이 지게 됐어요. 처음엔 그 상처만 걱정했어요. 내일 당장 무대에 설 땐 스타킹을 신으면 된다지만 평생 흉이 질 것 같아 기분이 안 좋았거든요.

앰뷸런스가 왔고 응급일에 도착해서야 십자인대가 끊어진 걸 알게 됐어요. 무용수로서 사망신고를 받았던 거죠. 지금은 아무렇지 않게 말하지만 그땐 충격이 컸어요. 휠체어를 타고 맨 뒤에서 공연을 봤어요. 내가 서 있어야 할 자리에 나 대신 프리마돈나로 선 내 친구, 서지애에 대한 살의가 끓어 오르더라구요. 그러다 공연이 끝나고 지애에게 꽃다발을 건네는 가족을 봤어요. 대기업 임원 아버지와 미술관장인 멋쟁이 엄마, 여자 친구와 같이 온 남동생까지 다들 환하게 웃고 있더군요.

그때 결심했어요. 한 장의 가족사진처럼 행복하게 웃고 있는 지애의 가족을 찢어놔야겠다구요. 그 악에 받친 열의로 수술도 하고 재활도 해서 빨리 회복했던 것 같아요. 하이힐을 신고 걸어도 괜찮아진 무렵 지애의 아빠가 다니는 기업의 안내데스크 사원으로 입사했죠. 그 뒤의 이야기는 뭐, 너무 뻔해서 재미없어요.

나는 지애의 아빠에게 이혼하고 나와 살 것을 요구했어요. 그 사람의 휴대폰을 통해 알아낸 지애의 엄마 번호로는 할 얘기가 있다고 불러내고요. 내 주문대로 지애의 엄마는 지애와 같이 나왔어요. 내 얼굴을 본 그 애는 소리를 지르며 주스를 붓더군요. 난 하나도 화나지 않았어요. 오히려 내 앞에서 흥분한 두 모녀를 보니 모종의 우월감이 차올랐죠.

난 차분한 어조로 내 친구의 아버지인 줄은 몰랐다.

이제 알았으니 댁의 남편을, 너의 아버지를 돌려보내겠다고 말했죠. 공평하잖아요? 내가 다시 걸을 수 있게 되었듯 지애네 가족도 이혼은 면하고 그럭저럭 가족으로 살아갈지도 모르죠. 그래도 평생, 잊히지 않는 상처는 받은 거잖아요? 나처럼요.

회사는 이미 나온 상태였으니 휴대폰 번호와 주소지를 바꾸고 새 삶을 살기 시작했어요. 부모님은 발레 학원이라도 차려주겠다고 했지만 프리마돈나가 아닌 채로 무용계를 서성이는 건 나에 대한 모욕일 뿐이었어요.

카페 알바도 하고 매장관리 알바도 하고 찜질방에서 일하기도 했어요. 샘도 안 겪어본 일이 없다구요? 이렇게 상담사 일을 할 정도면 공부를 많이 해야 하지 않나요? 하하, 신화비평가 데뷔와 심리상담사 자격증 취득은 취미로 한 거고 간호조무사에 네일리스트, 미용일까지? 아, 생계를 꾸리다 보니 어쩔 수 없으셨다고요? 그래도 대단하시네요. 머리칼은 아무리 잘 잘라도 컴플레인 거는 사람들이 있을 텐데 힘드셨겠어요. 재미있으셨다니 긍정적인 성격이신가 봐요. 아, 물론 저도 힘들지만 재미있었어요. 어릴 때부터 대학 졸업까지 17년간 무용에만 매여 있어와서 그런지 왠지 모를 자유로움을 느끼기도 했구요.

그 사이에 사람도 꽤 많이 만났어요. 무용할 땐 연애 같은 거 큰 관심 없었는데 누군가에게 사랑의 대상이 되는 게, 한 사람만을 위한 작은 무대에서 프리마돈나가 되는 거랑 비슷하더라구요. 커피를 만들거나 화장품을 계산해줄 때, 찜질복을 세탁할 때 난 누군가의 조연이지만 사랑을 주고받을 때만큼은 주인공이 되니까, 점점 더 금사빠가 되더라구요.

그다음엔 제빵사 자격증을 준비하기 시작했어요. 무용할 때 케익을 맘 놓고 먹어본 기억이 없어서요. 그때의 보상심리 때문인지 제빵사가 되어 맛있는 케익을 마음껏 구워내고 싶더라구요. 제빵학원 건물 옆에 성형외과가 있었는데 종아리 흉터를 없애려고 들러봤어요.

거기서 그이를 만났죠. 네에, 저보다 열 살 많은 성형외과 전문의 유재환이란 남자를요. 처음 봤을 땐 그저 의사와 환자 사이였어요. 반년 전 그가 제게 연락을 해오기 전까지는요. 환자의 개인정보를 이용하면 안 되는 건데, 나는 꼭 따로 만나보고 싶어서 오랫동안 가슴앓이를 했다고 했어요. 테이블 위에 둔 양손을 만지작거리면서 제 눈치를 보는 모습이 나름 신선했어요. 사람이 나이와 어울리지 않게 귀여워 보일 수도 있다는 걸 알게 됐죠. 그러곤 정신없이 빠져들어갔어요. 혜성특급

놀이기구를 탈 때처럼 서로가 서로에게.

방해물이요? 우린 서로를 운명이라고 여겼으니까 재환 씨 전처의 등장에도 사랑이 방해받을 일은 없었어요. 어떻게 만났냐구요? 제가 그 사람 집에 있을 때, 그녀가 찾아왔어요. 그가 집에 있는 줄 알고 왔겠죠. 그의 빈 집에 제가 있었고, 그녀는 나를 보자마자 네가 그 사람의 동생이냐며 화를 냈어요. 영문을 모르는 전 멍한 채로 듣고만 있었죠. 도우미가 오기 전까지요.

네, 그이 집에서 살림을 대신 해주는 아줌마인데 잠시 장을 보러 나갔다 돌아왔어요. 둘이 몸싸움을 벌이려는 거 같아서 제가 말리는데 재환 씨가 돌아온 거예요. 전처라는 여자의 어깨를 부드럽게 감싸곤 다독이며 엘리베이터를 탔죠. 그에 비해 전처는 격앙돼 있었어요. '네 동생이지? 동생이지?' 하는 악에 받친 소리가 승강기 밖으로까지 들렸거든요.

하하, 샘도 참 직설적이시네요. 그때 처음 본 전처를 제가 죽인 게 맞느냐구요? 아마, 그런 거라고 봐야겠죠? 확실히 기억은 안 나지만 정황상 제가 그 여잘 죽인 게 맞는 것 같으니까요. 전 가끔 정신을 잃고 정신을 잃은 동안은 제가 한 일을 기억하지 못하거든요. 하지만 다음 날 화장실에 가면 거울에 핏빛 립스틱으로 쌍욕이 쓰여 있기도 하고 집안의 가구들이 부서져 있기도 해요. 다, 제가 한 거라더군요.

처음엔 저도 안 믿었죠. 근데 얕은 잠을 자게 되면 늘 '나는 미쳤다'는 소리가 들려와요. 누가 내 귀에 대고 속삭이는 것처럼. 내 곁의 사람은 그런 소리를 듣지 못하는데 나만 듣는 거죠. 그때부터 환청과 환각을 제어하는 정신과 약을 먹고 있어요. 효과가 있긴 하지만 저도 모르게 욱해버릴 땐 또 간질을 하듯 정신을 잃기도 해요.

하지만 분명히 말하는데 난 전처를 죽일 맘은 없었어요. 내 프리마돈나 자리를 빼앗았던 지애와 달리 그 여자에겐 아무런 복수심도 사심도 없었거든요. 어쩌면 내가 전처의 남편을 이유 없이 빼앗은 것이 되니 같은 여자로서 측은하고 조금은 미안한 마음이었죠. 그래서 그 여자를 위해 생크림 케익을 구워 갔어요.

분명히 해야 할 건 제가 그 여자를 무작정 찾아간 게 아니라 그녀가 먼저 약속을 잡았다는 점이에요. 나한테 꼭 해주고 싶은 말이 있다고 했거든요. 그녀는 자신과 아이가 위협받고 있다고 했어요. 배 속에 있는 그의 아이를 누군가 사산시키려고 하고 있다고요. 여름인데도 발목까지 덮는 치마를 입고 온 그녀는 턱을 미세하게 떨면서, 말을 할 때마다 누군가 자기를 주시하고 있진 않은지 주위를 두리번댔어요.

근데 제가 소름이 돋았던 건, 그녀의 이름이 서지애라는 사실이었어요. 내 프리마돈나 자리를 가로챈 친구와 그이의 전처가 성씨마저 똑같은 이름이라니 우연치곤 굉장하잖아요? 어색한 통성명을 하곤 케익을 나눠먹는데 그녀의 휴대폰으로 전화가 걸려왔어요. 느낌으로 유재환, 그 사람인 걸 알았죠. 휴대폰 음량이 커서 수화구 밖으로 내 남자의 목소리가 새어 나왔죠.

— 지애야, 어디야? 거기 어디니? 오해야. 진정하고 만나서 얘기하자.

재환 씨의 목소리를 듣는 순간 꼭대기까지 쌓아올린 젠가 조각이 툭, 떨어지더니 와르르 무너져버리는 소리가 들렸죠. 정신을 차려보니 사방이 피바다였어요. 끔찍했죠. 형사들은 내게 사건 경위를 수도 없이 물어봤지만 정말 기억이 안 나요.

단지, 단지 재환 씨가 어슴푸레한 호숫가에서 낚시를 하던 장면만이 선명해요. 이따금 그와 함께 낚시를 간 적은 있었어요. 하지만 재환 씨 전처와 만난 이후를 떠올려 보려 하면 이상하게 현실이 아닌 그 꿈같은 장면만 떠올라요. 분명 그것도 제 머릿속에서만 있는 환상일 텐데. 지겨운 얘기지만 들어보실래요? 아니, 현실도

설혜원

피가 아니라 진짜로 그 장면을 본 것만 같다니까요. 뭐, 맞아요. 내가 본 게 실제라는 증거는 없죠.

전처랑 같이 있던 제가 어떻게 재환 씨와 낚시를 갈 수 있느냐고요? 그러게요. 순간 이동한 것도 아니고 불가능하죠. 역시 환각이겠죠. 전처랑 있던 동시에 재환 씨와 낚시터에 있을 수 없으니 제가 죽인 게 맞겠죠. 전처의 배에 꽂힌 칼에서 제 지문이 나온 것도 그렇고 케익에서도 수면제가 검출됐다죠? 현장에 기절해 있던 제 가방 안에서 발견된, 제 이름으로 처방받은 수면제랑 똑같은 약이래요. 이건 뭐 제가 살인한 게 빼박캔트인 상황 아닌가요?

어떻게 이렇게 쉽게 살인을 인정했느냐구요? 왜냐면 난 5년 전 십자인대가 파열됐던 그때 이미 죽어버렸거든요. 정말 간절히 원하던 걸 손에 쥐기 직전의 단 한 순간, 모든 게 무너졌어요. 그때 내 영혼도 무너져 갈가리 찢어진 거예요. 몸은 회복돼서 아무 일 없다는 듯 걸어 다니지만 그 속에 있는 건 내가 아니라 나였던 어떤 것이라구요. 단 한 번이라도 내가 원했던 프리마돈나가 되었었더라면 한순간 찬란했던 그 기억에 기대어서라도 살아왔을지 몰라요. 하지만 내게는 그것조차 허락되지 않았거든요. 누군가 내 인생을 농락했고 나는 그것을 무참히 당할 수밖에 없었던 거예요.

그 누군가는 하필 그때 조명 부품을 치우지 않았던 무대 기사, 나를 받지 못했던 발레리노, 제대로 착지하지 못한 나…… 그리고 그 모든 우연이 착착 맞아 들어가게끔 조작해 내 꿈을 산산조각 내 부서뜨린…… 신일까요? 누구나 그 누군가가 될 수 있었죠. 차라리 원망의 대상이라도 정해져 있다면 나았을 텐데 프리마돈나 자리를 거머쥔 차석 무용수 서지애에게 복수를 완수한 순간 내 원망의 대상이 과녁을 빗나갔다는 직감이 들어 후회되고 허무해지더군요.

그 뒤로 쭈욱 나는 내 안에 갇혀 지내왔어요. 나 자신이 아닌 타인의 연애 상대로 조망되는 것에서 겨우겨우, 일시적으로만 내 의미를 확인하는 내가 진저리 나게 싫었지만 이젠 금사빠가 되기 전의 나로 돌아갈 수 없다는 걸 알아요. 그런 내가 뭐 감옥에서 사나 밖에서 사나 별로 다르지 않을 거란 생각이 들어서 자백했어요.

풍선은 터져도 파편은 남는다고요? 꿈이 깨져도 뭔가가 남는 거란 비유인가요? 글쎄요. 샘, 전 풍선 전체가 아니면 안 돼요. 터진 자리에 남은 건 찢어진 헝겊 조각일 뿐이잖아요. 샘 말처럼 그것들을 기워 식탁보로 쓸수도 있겠죠. 하지만 내가 원한 건 그게 아니에요. 아니라고요!

아, 미안해요. 정말 미안해요. 갑자기 욱해서 테이블을 치고 말았네요. 어디, 다친 덴 없으시죠? 다행이에요. 손톱이 예쁘게 말랐네요. 달콤한 바닐라향 향수 덕분에 기분도 좋아졌구요. 최애 음악인 월광도 잔잔히 틀어주셔서 감사해요. 이제 한 시간 된 것 같은데 상담 시간 끝난 거죠? 수고하셨습니다.

네, 만족해요. 상담이라고 해서 서로 쓸데없는 말이나 주고받을 줄 알았는데 제 손톱을 예쁘게 손질하고 컬러링까지 해주셨잖아요. 안 해본 일이 없으시다더니 정말인가 봐요.

아뇨, 이제 더 하고 싶은 말 없으니 빨리 가주세요. 제 턱 덜덜 떨리는 거 보이세요? 제가 꽤 흥분했다는 뜻인데 여기서 좀만 더 있으면 제가 어떤 발작을 하게 될지 모르거든요.

네, 그런 일들이 몇 번 있었어요. 아까 말씀드렸던 것처럼요. 제가 술에 취한 듯 재환 씨에게 욕지거리했던 것도 그이가 녹음해뒀다 들려줘서 알게 됐어요. 내용이야, 끔찍하죠. 칼로 찔러 죽인다는 둥 눈알을 파내겠다는 둥. 서로의 안전을 위해 오늘 상담은 끝내야 해요. 안녕히 가세요. 저 먼저 나갈게요.

2악장, 과거

면담실 문을 연 성숙아가 밖에서 기다리던 여경의 안내에 따라 구치소로 향하는 것을 본 박지락 형사는 헤드셋을 벗었다. 면담실 불이 꺼지자 방금 전까지 두 여자를 훤히 보여주던 블라인드 유리가 까맣게 암전됐다.

면담실에서 상황실로 온 구보라 경위가 생각에 잠긴 눈으로 수첩을 꺼냈다.

피살자 41세 서지애. 피의자 28세 성숙아. 피살자는 39세 유재환의 전처이며 그의 아기를 임신 중이었음. 살해 이유는 치정으로 추정되고 있으며 성숙아는 살해 현장은 기억나지 않지만 살인을 인정하고 있는 상태.

보통의 28세 여성이라면 단지 치정이 살해 동기로 인정되기 어렵겠지만 피의자 성숙아는 자신의 프리마돈나 자리를 빼앗겼다는 이유로 대학 친구이자 시립발레단 동기인 차석 발레리나 서지애의 아버지를 유혹한 전적이 있음.

프리마돈나 데뷔가 좌절된 허무함이 사랑 중독으로 표출되었고 사랑의 대상을 '자기 것'이라 여기는 과도한 애착과 소유욕 때문에 유재환의 아기를 임신 중인 전처를 죽인 것. 더구나 유재환의 전처 이름은 프리마돈나를 가로챈 친구의 이름과 같아 무의식적으로 두 사람을 동일시하여 일생 최대의 원수로 생각했고 그것이 살해 동기가 되었을 수 있음.

그녀는 자신의 조사 기록 마지막 문장에 펜으로 '하지만'을 덧붙여 쓰고는 번호를 매겼다.

1. 자신의 부상으로 프리마돈나를 꿰찬 서지애는 죽이지 않고 간접적인 방식으로 괴롭힘

2. 피의자 성숙아도 전처와 함께 수면제가 든 케익을 먹은 흔적이 검출됐음

3. 피의자와 피살자의 연결고리인 유재환은 의사로서 사람을 손쉽게 죽일 수 있음

종합하자면, 이라고 휘갈겨 쓴 구보라는 다음 문장을 쓰는 대신 입으로 중얼거렸다.

"서지애와 성숙아가 잠든 틈을 타 유재환이 엑스와이프를 죽이고 애인에게 덮어씌웠을 수도 있다는 거지."

옆에 있던 박 형사가 어깨를 으쓱했다.

"치정만큼 흔한 살인 이유도 없죠. 자백한 거 보니 양심수니까 참작되어 형량 조절될 텐데 괜한 오지랖 아니

십니까, 구 경위님?"

"프로파일러 된 지 얼마나 됐다고 경위래? 그냥 하던 대로 불러요."

박 형사가 콧잔등에 주름을 만들며 고개를 갸웃해 보였다.

"원래 부르던 호칭이 쬐까 더 민망한데요이."

"민망해도 어째. 내가 그렇게 불리고 싶다는데."

"아, 예. 마담 드 발렌. 드 선생님. 됐죠?"

"응. 난 참 내 이름 중에 성씨가 젤 맘에 안 들어. 드씨 였음 참 좋았을 텐데."

"그럼 드보라가 되는 건가요?"

"암튼."

"예, 드 선생님."

"바지락을 바락바락 씻듯이 꼼꼼히 파헤쳐봐요, 칼국 수 형사. 사건의 진상이, 미처 토해내지 못했던 해감처 럼 뱉어질지 누가 알아요?"

"전 바지락 칼국수라고 불리는 거 싫어하는데요."

"싫어도 어째. 내가 그렇게 부르고 싶다는데. 박지랄 보단 낫잖아?"

"어쨌든 참고인이랑 관련인 조사 다 끝났잖습니까. 피살자 서지애 주변에서도 곧 태어날 아기 때문에 죽으리라곤 생각도 못 했다고 했고, 피의자 남자친구인 유재환도 샅샅이 취조해봤지만 특이점을 발견할 수 없었고 알리바이도 완벽합니다. 심지어 성숙아가 케익을 구워 간 제빵 학원장에게도 탐문 수사를 벌였지만 별거 없었고요. 성숙아가 지능범인 게 살인 현장은 기억 안 난다면서 심신 미약으로 감형 받으려는 것 아닙니까."

"폴리그래프(거짓말 탐지) 조사에서 살인 장면이 기억나지 않는다는 문항에 대한 답변이 진실 반응으로 나왔어."

"네에, 그런데 폴리그래프 검사도 정상적인 심리 상태를 가진 인간이 고의적 거짓을 말할 때 심리적, 생리적 변화가 생기는 것을 잡아내는 거잖아요? 성숙아는 조현병 진단을 받았었던 만큼 동요 없이 거짓 반응을 보였던 건 아닐까요?"

"성숙아의 조서 진술 중 자백하는 부분의 녹화 영상을 봤는데, 낚시 당한 잉어의 눈빛이었어."

"네?"

"미끼를 물어 수면 위로 끌어올려졌는데, 몸부림 한 번 안 치고 툭, 살림망 속에 내던져지는, 체념한 잉어의 눈빛."

"저도 그 영상 봤는데, 그랬었나요? 자백하는 사람치고 너무 담담해서 담담하구나, 라고만 생각했었는데요."

"표면에 띠오른 것 이면의 다른 것을 볼 줄 알아야 해."

"4차원 투시경이 빨리 발명돼야 할 텐데 말이죠."

"나 자신을 진실을 캐내는 가장 유용한 도구로 만들어야 해. 오늘 상담하면서 보니 삶에 이미 배신당한 적 있는 성숙아는 자신도, 자기의 생도, 공권력조차도 신뢰하지 않고 있어. 그녀에겐 살인자 누명을 쓴 것보다 무용을 하지 못하게 된 게 더 큰 아픔이었던 셈이지. 아마 성숙아와 가까운 사람이라면 그녀의 이런 심리를 잘 알고 이용할 수도 있었을 거야. 살인 누명을 씌워도 적극적으로 벗지 않으려는 그녀의 마음 상태, 그런 그녀를 살인자로 요리한 낚시꾼이 과연 누구일까? 딱 봐도 유씨일 거 같지 않아?"

"앗, 잠시만요 경위님. 경위님의 추론적 가설은 경위님의 느낌에만 의존하고 있잖아요? 위험한 거 아닙니까?"

"죄 없는 사람을 살인죄로 복역시켜 진짜 범죄자를 무죄방면하는 게 진짜 위험한 거지. 그리고 폴리그래프 검사 결과도 있고."

"그래도 유재환은 몇 번에 걸친 수사에도 성실히 임했고……."

"씨익, 씨익 웃으면서 준비된 답안 완벽히 외우는 걸로 보이던데. 정작 중요한, 성숙아와 서지애의 성형외과 차트도 공개하지 않고 말이야."

"그래도 밤샘 조사에도 군소리 하나 없이……."

"밤새서 성형외과 의사로서의 고단함을 읊어댔지. 박 형사도 사람이 물러 큰일이야. 취조를 해야 하는 사람이 반대로 참고인의 넋두리를 들어주면 어떻게 해? 내 배가 고단하다니까 낙원에 연락하라고."

"네?"

"낙원 칼국수집. 전화로 주문해놓자. 바지락 많이 넣어달라고 해, 바지락 형사."

"경위님 저는 바지락이 아니……."

대꾸를 하기도 전에 구보라는 챙겨온 네일 키트를 가지고 또각또각 구두 소리를 내며 상황실을 나갔다. 혼자 남은 박지락 형사는 칼국수와 지랄 중에 어느 게 나은지 꼽아보다가 픽 한숨을 쉬며 낙원 칼국수집 전화번호를 눌렀다. 통화 중이었다.

"바지락 많이 넣어서, 해물 칼국수 세 그릇이요. 바로 배달해주세요."

파티션 안에서 김해란 경사의 목소리가 들렸다.

"아니야, 김 경사. 난 비빔국수라고!"

이미 통화 종료된 휴대폰 액정을 들어 보이며 김 경

사가 말했다.

"그냥 먹어요."

"내가 하면 늘 통화 중이던데 어째서 김경은 한 번에 주문을 성공하지?"

"그러게요. 내가 콜 하면 잔뜩 엉킨 통신 회선들도 어섭쇼 하며 홍해 바다처럼 갈라지나?"

"하아, 김경 캐릭터랑 딱 어울리는 책 제목이 있는데……."

"『오만과 편견』?"

"그래그래, 제인 에어가 쓴."

"제인 오스틴이겠죠. 덧붙여 『이성과 감성』이 저를 표현하는 더 적합한 소설 제목 같은데요."

박 형사는 황당함을 넘어 감탄의 눈빛으로 김 경사를 바라보았다. 어깨선 위로 오는 긴 단발에 큰 눈과 오뚝한 코, 단정한 것뿐인데도 자연스레 눈길이 가는 미모에 경찰시험 사상 최고 점수로 수석 채용된 수재라 잘난 것은 진작 알고 있지만 본인이 본인 입으로 저러는 것에는 늘 적응이 되지 않았다.

그의 시선엔 아랑곳 않고 휴대폰을 내려놓은 김 경사가 프린터 위에 두었던 서류 뭉치를 박 형사에 건넸다. 아이와 임산부를 한꺼번에 살해한 엽기 사건, 용의자 조사 중…… 스크랩된 인터넷 기사의 헤드라인을 본 박 형사는 피식 웃었다. 하도 이상한 일이 많아져 '엽기'라는 단어마저 흔해빠진 세상이 되었으니까.

"솔직히 말야, 김 경사. 진범이 성숙아 말고 따로 있을 거 같아? 남자를 독점하지 못해서 죽여버린 거잖아. 무대에서든 사랑에서든 프리마돈나처럼 독차지 못 하면 성에 안 차 하는 그런 사람들 있잖아? 아, 말하다 보니 김 경사도 좀 그런……."

"후후 뭐래. 난 독차지는 관심 없고 스팟라이트가 나를 따라오며 비추는 거뿐인데."

"으악, 김 경사. 나 가끔 김경이랑 얘기하다가 나까지 정신 이상해질 거 같은 때가 있어."

"구 경위님께 상담 받으세요. 자."

김 경사가 팔을 뻗어 손을 내밀어 왔다. 뭐냐고 눈짓하는 박 형사에게 김해란이 싱긋 미소 지었다.

"삼천포에서 꺼내드리는 구원의 손길이죠. 성숙아에 대해 얘기하던 중이었죠?"

"어휴, 모르긴 몰라도 김 경사도 경계선상에 있을 수 있어. 아무튼 성숙아 조현병 진단도 받았던데 그런 사람들 조그만 일에 발끈하면 핀트가 완전히 나가잖아. 사람을 죽여도 모를 만큼."

"우리가 밝혀낼 때까지 하나의 가능성으로만 묻혀 있는 실체도 있을 수 있으니까요."

"그렇긴 한데, 아까 면담실에서 상담 받을 때도 보니 분노조절장애가 꽤 심해 보이던데? 유재환 전처 서지애도 성숙아한테 자기 전남편 영역표시 하다가 당한 거겠지. 성숙아 본인도 다 자백했고. 이렇게 다 꾸려져서 수사심의계에 올라왔으니 바로 검찰에 올리면 되는데 지금 와서 판다고 뭐가 달라질 만큼 큰 건수가 걸리려나?"

"안 걸려도 별수 없죠. 하지만 경찰 수사 종결권 부여 이후 수사 과오를 막기 위해 마련된 부서가 우리 암행조력팀 아닌가요? 사리사욕이나 개인적 친분으로 거짓 보고서를 올리는 부패 경찰들을 척결하고 억울한 피해자를 한 사람도 없게 하겠다는 게 우리 팀의 발족 의의구요. 뭣보다 구 경위님 촉이 틀린 적이 있었어요?"

"경위님은 유재환이 병원 차트도 찾아보고 해야 한다는데, 이미 용의자 심문 끝나고 혐의 없어서 놔준 사람을, 뭐 어떻게 영장도 없이 차트 기록을 보겠다는 건지. 경위님 지시대로 미행해도 여자만 많이 만나러 다니고, 별 건덕지도 없더만. 끙……."

앓는 소리를 내는 박 형사에게 김 경사가 재미있다는 듯 웃으며 말했다.

"박 형사님, 유재환한테 미행하는 거 걸렸다면서요? 몇 년 전 실종된 여동생을 찾으려 그 나이 또래 애들 만나보는 거라고 변명이나 들었다던데."

박 형사가 머리를 긁적이는데 암행조력실 문이 벌컥 열렸다.

"식사 왔습니다."

김을 피워 올리는 칼국수 세 그릇이 테이블 위에 놓였다. 때를 맞춰 들어온 구보라가 입맛을 다시며 그릇 위에 덮인 랩을 나무젓가락으로 막 벗기려는데 휴대폰이 울렸다. 발신처를 확인한 그녀는 두 사람에게 검지를 내보인 뒤 평소보다 네 배는 올린 새된 음성으로 전화를 받았다.

"네, 안녕하세요! 네, 네, 네. 감사합니다! 오늘 오후부터 바로 출근하겠습니다!"

젓가락을 내려놓은 구보라가 사무실 가운데 놓인 거대한 화장대 앞에 섰다. 둥근 테의 거울 앞에 각종 분장 도구가 죽 늘어서 있었다. 그녀는 안경을 벗고 묶고 있던 머리를 풀어 고데기로 곱슬하게 만들었다. 하얀색 뺨에는 오렌지색 블러셔를 터치하고 입술엔 펄이 든 코랄빛 립밤을 발랐다. 흰색 왕리본으로 머리를 반묶음 하고 활짝 웃어 보이자, 강산이 변한다는 10년은 과해도 7년쯤은 더 어려 보였다. 그녀는 시럽을 넣듯 미소를 듬뿍 친 표정으로 거울 속 자신에게 밝게 인사했다.

"안녕하세요!"

화사한 오렌지색 유니폼을 입고 인사하는 구보라에게 접수대로 다가온 손님이 자신의 이름과 생년월일, 내원 목적을 말했다.

"보톡스 시술하려고요."

컴퓨터 화면에 띄운 환자 차트를 본 구보라가 상쾌한 목소리로 응대했다.

"네, 삼 개월 전에 하셨던 눈가 보톡스 원하세요?"

"맞아요. 하는 김에 코 필러도."

"알겠습니다. 필러는 실장님이랑 상담 먼저 하실 거예요. 앉아 계시면 상담 시 호명해드리겠습니다."

차임벨이 울리자 구보라가 소파에 앉으려던 내원객을 상담실로 안내했다. 조용한 대기실은 클래식 음악이 채우고 있었다. 전처와 현 애인 간 치정의 주인공인 유재환의 성형외과에는 손님이 별로 없었다. 사건 전에는 늘 붐볐다는데 구보라가 차트 기록을 보기 위해 며칠 전 알바로 취직한 이후엔 늘 이 모양 이 꼴이었다.

그녀는 환자가 없는 한가한 틈을 타 마음껏 차트에 있

는 서지애와 성숙아를 불러냈다. 환자의 병력이나 신체 사항을 적는 메모란에 다른 환자들과 마찬가지로 혈액형이 적혀 있었다. 서지애와 성숙아 모두 B형, RH-였다.

'알에이치 마이너스? 한국인의 대부분은 알에이치 플러스라 마이너스는 희귀한데.'

구보라는 화면 가까이 다가가 다른 환자들의 차트를 보았지만 예상대로 거의 RH+ 형들이었다. 유재환이 전처와 결혼한 것도 겨우 1년 전이니 서지애든 성숙아든 의도적으로 RH- 형들에게 접근한 건가, 싶었다.

유재환의 차트를 띄운 구보라는 그가 부양자로 되어 같은 보험으로 묶여 있는 유재영을 클릭해 보았다. 한 번도 정규직으로 일한 적이 없는지 20세쯤 부친인 유성훈의 보험이 상실된 이후 줄곧 오빠인 유재환이 부양자였다. 유재영의 차트 전달사항에는 RH- B형이라 되어 있었고 3년 전 기록이 마지막이었다. '강남자애병원에서 수술 후 빈혈 증상. 비타민 활력주사 처방'.

구보라는 조용한 대기실을 둘러보곤 휴대폰을 들고 화장실에 가 강남자애병원으로 전화를 걸었다. 예약을 위해 전화를 받은 상담사에게 구보라는 힘없는 목소리로 말했다.

"지금 집 앞 병원에 왔는데요, 저번에 그 병원에서 받

은 수술이 정확히 뭐냐고 묻거든요. 처방에 반영해야
한다구요. 구체적 수술명이? 네, 본인이에요. 이름과 생
일, 주소요?"

그녀는 차트를 보고 메모해온 대로 불러주었다.

"830234 유재영. 주소는 화안시 월안동 백조아파트
13동 307호. 아, 구두 확인되었으니 수술 기록 요청서
를 팩스로 보내야 한다구요? 병원 홈페이지 서식 자료
실에. 네, 감사합니다."

김 경사를 시켜 수술 기록 요청서를 팩스 보낸 구보
라는 얼마 뒤 유재영의 수술명을 알아냈다. 자궁 근종
에 의한 자궁 적출 수술이었다. 모든 수술이 그렇겠지
만 암세포 전이를 막기 위해 자궁을 드러냈다면 전반적
인 몸의 기능이 떨어지고 빈혈도 유발될 수 있을 것이
다. 유재환은 고작 동생의 RH-형 피의 수혈처를 찾기
위해 자신의 환자들 중 같은 혈액형을 가진 여자들에게
접근한 걸까? 구보라는 고개를 가로저었다. RH-형 피
가 부족하다고 하지만 어느 병원에나 응급 시를 대비해
마련된 RH-형 피주머니가 있을 것이다. 게다가 의식
있고 거동이 가능한 환자라면 수혈 받는 것보다는 피를
많이 만드는 음식을 먹는 게 더 나을 것이다. 주인이 다
른 피가 들어오면 우리 몸은 그것을 공격으로 인식하고

그 피를 받아들이지 않아 최악의 경우 사망에 이를 수도 있기 때문이다.

개운치 않은 기분으로 화장실에서 나오던 구보라는 누군가와 살짝 부딪쳤다.

"죄송합니다."

인사하며 보니 흰색 제빵복을 입은 중년 여자였다. 이 건물에 베이커리는 없기에 제빵사가 이 화장실을 이용할 이유는 없었다.

"혹시 요 옆 건물 제빵학원?"

구보라의 말에 제빵사 복장의 여자가 푸근한 웃음을 지어 보였다.

"맞아요, 나 월안 제빵학원장. 우리 건물 화장실이 공사 중이라 이렇게 신세를 지네요."

"혹시 성숙아 아세요? 그 학원 다니면서 자격증 준비했다고……."

"알죠. 그 애 때문에 얼마 전에 경찰이 우리 학원까지 와서 몇 가지 물어보던걸요. 손재주가 있어서 참 잘했는데 이쁘고 싹싹하고. 그런 애가 그렇게 무서운 짓을 저지르다니. 열 길 반죽 속은 알아도 한 길 사람 속은 모른다지만 소식 듣고 너무 놀랐어요."

"뭐, 사이코패스가 본인 사이코패스라고 명함 파고

다니진 않으니까요."

"네?"

"아뇨, 저도 제빵에 관심이 있어서요. 이따 병원 근무 끝나고 들르려는데 몇 시까지예요?"

유리문을 열자마자 달콤한 빵 냄새가 몰려들었다. 딸랑, 하는 소리를 듣고 실습실에서 나온 학원장이 접시에 담긴 마들렌을 내밀었다.

"여덟 시인데도 사람들이 있나 봐요?"

호빵맨의 버터아저씨처럼 동그란 주먹코와 빵빵한 볼을 가진 원장이 자부심 어린 고갯짓을 하며 말했다.

"그럼요. 오전이든 오후든 국비무료수강생들이 많이 와요. 취미로 배우는 사람도 있고 아이에게 좋은 간식 먹이고 싶어 하는 엄마들도 있고. 간호사분은 일을 하니까 오후반에 와야겠죠? 국비수강은 출석률을 못 채우면 안 되니까 저녁반에 수강료를 내고 맘 편히 배우는 게 나을 거예요."

막 구워져 따끈따끈한 마들렌이 구보라의 혀에 부드럽게 녹아들었다. 그녀는 원장에게 웃어 보이며 이곳에 온 소임을 떠올렸다. 수사 기록을 검찰로 넘겨야 할 데드라인이 빠듯했으므로 위험 부담은 있어도 중심으로 치로 들어가기로 했다.

"사실 제가 숙아 친구거든요. 숙아가 케익 만드는 걸 좋아했는데 이 학원을 강추하더라구요."

원장은 '어머, 그랬어요?' 하는 표정으로 눈을 크게 깜빡이더니 제빵 자격증의 장점이 나이 걱정 없는 취업이니 없어서 못 구한다느니 하는 말들을 늘어놓았다. 등록시키고야 말겠다는 집요한 의지가 느껴지는 가운데 원장의 장광설에 휩쓸리지 않고 성숙아에 대한 대화의 물꼬를 트기 위해 일부러 먼저 정보를 흘리기로 했다.

"숙아가 성형외과원장 전부인을 만나러 갔을 때도 케익을 구워 간 거 아세요? 딸기를 잔뜩 올린 하얀 생크림……."

구보라가 말을 끝내기도 전에 원장이 덥석 말을 끊고 들어왔다.

"그럼요. 숙아 씨가 그거 선물용이라고 저 실습실에서 구워 갔었는데? 좀 미숙해서 내가 도와주기도 했는걸."

의외의 사실이었다. 수사 기록상에는 제빵 학원장이 없을 때 들러 성숙아 혼자 실습실에서 케익을 구워 갔다는 진술이 양측 일치한다고 되어 있었기 때문이다. 하지만 이 학원에 등록시킬 목적으로 없던 이야기를 만들어내는 중인지도 모르니 넋 놓고 믿을 순 없어서 확인을 해볼 필요가 있었다. 그녀는 갑자기 온몸이 피로해지는 것을 느끼며 솟아나려는 하품을 참고 물었다.

"혹시 그때 숙아 옷차림 기억나세요?"

"그럼, 몸에 꼭 맞는 짧은 분홍 원피스 차림이어서 내가 실습용 앞치마를 둘러주기까지 했다니까? 화장도 평소랑 다르게 진하게, 요즘말로 빵빠탈처럼 하고 왔더라고."

빵을 만드는 사람이라 그런지 팜파탈을 빵빠탈로 발음하는 모양이었지만 그런 것에 웃을 여유가 없었다. 원장이 말한 차림은 사건 현장에서 체포된 날의 성숙아와 꼭 들어맞았기 때문이다. 성숙아는 41세인 전부인과는 달리 어린 나이와 그에 걸맞는 싱싱한 여자로서의 매력을 어필하고 싶었을 것이다. 전부인에 대한 미안함에서 케익을 굽기는 했지만 유재환은 지금 이렇게 매력적인 나에게 빠져 있다는 메시지를 온몸으로 전한 것이다.

"원장님, 혹시 그 케익 만들 때 쭉 곁에 계셨어요?"

"뭐, 두세 번 전화문의 올 때 빼곤 같이 있었지. 마침 수업이 없는 오후였거든."

그렇다면 케익에서 검출된 수면제는 원장이 잠깐 자리 비웠을 때 넣은 것일까? 피의자 성숙아가 스스로 수면제를 넣었다면 왜 그 케익을 피살자와 함께 먹었던 것일까. 서지애와 함께 곯아떨어져 몽환 중에 살인을 저질렀다며 심신 미약을 인정 받으려고?

성숙아 아닌 제3자가 케익 반죽에 수면제 가루를 집어넣었다면? 우연인지 필연인지 유재환의 성형외과는 제빵학원 옆 건물이 아닌가. 원장과 성숙아 몰래 케익에 수면제를 넣은 유재환은 알리바이를 만들고 서지애와 성숙아가 잠에 빠진 틈을 타 슬쩍 등장하여 전처를 죽인 뒤 장갑을 끼고 사용한 흉기를 잠에 취한 성숙아의 손에 쥐여주기만 하면 된다.

증거중심주의인 형사법상, 현장에서 발견된 흉기에 피의자 지문이 묻어 있었으니 성숙아의 자백처럼 그녀가 살인했다는 것은 '빼박캔트'가 되는 상황. 그러나 눈앞에 보이는 사실도 누군가 조작한 그림일 수 있다는 것을 구보라는 잘 알고 있었다. 몇 가지 증거와 정황에 맞게 범죄 현장을 연출하여 혐의를 타인에게 넘기는 지능형 소시오패스들이 많아졌고 거짓을 설계하여 다른 사람에게 누명을 씌움으로써 진범은 처벌 받지 않고 빠져나가는, 진범 입장에서의 완전범죄가 늘어나는 것도 하나의 추세였다.

숨겨진 진실을 파헤쳐 눈에 보이는 상황이 하나의 함정일 뿐이라는 사실을 밝히는 것은 쉽지 않았지만 보람 있는 일이었다. 지금은 출장 중인 암행조력팀장조차 범인이 자백까지 한 사건을 공연히 들쑤신다고 탐탁지 않아 하며 유재환의 진료 차트를 볼 수 있는 영장 발부 신청조차 허락하지 않았었다.

그러나 억울한 사람을 돕기 위해 암행조력팀 프로파일러의 특채 제안에 응한 구보라에게 상사의 싸늘한 반응쯤은 어떤 문제도 되지 않았다. 개인적으로 이 사건을 파보려 며칠 전 병가를 내고 화안 남부경찰청 소속 프로파일러가 아닌 개인상담사 자격으로 성숙아의 상담을 신청한 것이었다.

"그런데."

원장이 미간을 찌푸린 채 입술을 오므렸다 펴며 씰룩였다. 뭔가 중요한 메시지를 전하려는 신호였다. 구보라는 이를 놓치지 않았다.

"아, 아니야. 나도 참 주책이지 쓸데없는 얘기까지."

정말 중요한 메시지라는 두 번째 신호, 뜸 들이기 수법으로 청자의 관심을 이끌어 무리 중 관심의 집중포화를 받음으로써 단숨에 이야기의 주인공으로 부상하는 필살기였다. 이때 청자는 무대 위의 배우가 방백을 이어나가게끔 열렬히 호응해줘야 한다. 구보라는 느닷없이 몰려오는 졸음기를 몰아내며 오두방정을 떨었다.

"뭐예요. 정말 궁금하게. 아우, 듣고 싶어 죽겠네. 빨리 말씀해주세요 원장님, 저 숙아 절친이라니까요?"

"응, 그래? 절친이었으면 뭐 다 알고 있겠네. 숙아 씨 좀 주벽이 있는 거 같던데. 꽐라 돼서 혀 꼬부라진 소리로 전화해서 오늘 수업은 못 온다고 한 적이 몇 번 있었거든. 그날 선물용 케익 만들 때도 좀 취해 있더라고. 오븐에 스펀지 케익 반죽 대신 자기 손을 넣으면 어쩔까 걱정돼서 옆에서 거들어준 거거든. 케익이 아니라 자기 손을 굽는 거 아닐까 싶어서."

"그랬군요? 숙아가 원래 좀 욱하는 데다가 술 먹으면 더 공격적이 되는데, 불안불안하셨겠어요?"

상담심리사이기도 한 구보라가 봤을 때 상담 마지막 순간에 성숙아의 턱이 떨리던 모습은 분노조절장애의 징후이기보다는 과도한 향정신성 약 복용으로 인한 말초신경 마비인 것처럼 보였다. 그녀의 직감이 사실인지 아닌지는 몇 가지 약물반응 검사를 해봐야 알 수 있지만 지금은 원장의 기분을 맞춰주려 더 과격하게 맞장구를 쳤다.

"아니, 기분이 좋은지 실실 웃으면서 있었어."

원장의 말인즉슨 성숙아가 케익을 만들 때는 술기운이 돌기 시작하며 알싸하게 퍼지기 시작했던 때라는 뜻이었다. 그 상태에서 알콜을 계속 넣어 이성이 마비되면 폭력도 튀어나오는 것이니까. 하지만 현장에서 현행범으로 체포된 성숙아는 피검사 결과 수면제만 검출되었을 뿐 알콜 농도는 확인된 것이 없었다.

'이상한데.'

성숙아의 피검사 결과와 원장의 진술이 맞지 않아 무언가 불가해함을 느낀 찰나 가방 안에서 손전화가 울렸다. 액정 화면에 '바지락 칼국수'라고 떴다. 구보라는 수다스럽게 말을 이어가고 있는 원장에게 급한 전화라는 핑계를 대고 학원 문밖으로 나왔다. 복도에 선 그녀의 귀에 다급한 박지락 형사의 음성이 들렸다.

"드 선생님! 유재환 가족에 대해 더 파봤는데요, 몇 년 전 실종된 유재영이 유재환 이복 여동생이래요. 피는 전혀 섞이지 않았는데 특수 분장사로 연극판을 어슬렁거리다 행방불명됐는데 최근에 유재영을 목격했다는 제보자가 나타냈대요. 낌새가 이상…… 여보세요, 드 선생님? 듣고 계세요?"

구보라는 힘이 빠진 손에서 떨어지는 휴대폰을 쳐다봤다. 몸을 굽혀 집어 들어야 하는데, 손끝 하나 움직이질 않았다. 그제야 마들렌을 집어먹고 난 다음부터 졸음기가 스며왔던 것이 떠올랐다. 머리가 핑 돌며 쓰러지는 구보라의 시야에 휴대폰을 들어 귀에 대는 학원장의 모습이 들어왔다. 그녀는 빙긋이 웃으며 구보라를 내려다보다가 천천히 손을 들어 가발을 벗었다. 새치가 섞인 올림머리 가발 아래로 젊은 여자의 풍성한 검은 생머리가 내려왔고 때맞춰 복도 승강기에서 남자가 내렸다. 유재환이었다.

3악장, 악몽

어슴푸레한 수면 위로 커다란 달이 보였다. 달빛을 받아 뾰족한 바늘에 미끼를 끼워 천천히 수면 위로 던지는 손. 누군가 낚시 중인가, 하는 생각이 들 무렵 구보라는 섬뜩함에 잠이 깼다. 성숙아가 보았다던 낚시 장면과 같은 것을 보고 있다는 것을 깨달았기 때문이다.

정신을 차리려고 애쓰니 달이라고 여겼던 것은 수술대 위를 비추는 둥근 라이트였고 미끼질하는 동작은 대용량 주사기에 약물을 재는 손길이었다. 그녀는 어둑신한 수면과도 같은 수술실 안에 누운 채 자신의 정맥으로 프로포폴이 투여되고 있음을 느꼈다. 마취가 되어가고 있는지 몸에 힘을 줄 수가 없었다.

"눈 떴네?"

긴 머리의 젊은 여자가 차가운 눈으로 그녀를 보며 말했다. 구보라는 간신히 입술을 달싹여 목소리를 쥐어 짜냈다.

"유……재영?"

"후후, 하늘이 도왔지. 화장실에서 나인 척하는 네년의 통화를 들었으니까. 친구랍시고 성숙아의 누명을 벗기려고 숨어들었나 본데 이제 죽어줘야겠어. 프로포폴 과다 투약으로 너는 의식을 잃고 호흡이 불안정해질 거야. 여기 폐쇄된 정신병동에 널브러진 너는 죽은 지 몇 주가 지나서야 겨우 발견되겠지만 프로포폴 중독자의 자가 투약으로 인한 약물 중독사로 판정되겠지."

"나, 나는……."

구보라는 자신의 소속을 밝히려 했지만 혀가 납처럼 무거웠고 유재영이 그 말을 가로챘다.

"화안시 외곽의 성형외과 간호조무사? 네까짓 게 죽어도 눈에 불을 켜고 찾을 사람은 아무도 없을 거야."

구보라가 입술을 오므려 '왜'라는 모양을 만들어 보이자 유재영이 픽 웃는 동시에 유재환이 나타났다.

"재영이와 나의 아기를 만들기 위해서였지. 전처인 서지애와는 아이를 낳자마자 이혼하고 아이만 빼앗을 작정이었지만 같이 산부인과에 갔다가 그 여자가 RH+형이란 걸 알게 된 거야. 접수대 간호사가 챠팅 실수를 했던 거지. 그래서 난 내 환자 중 RH-형인 여자를 다시 찾기 시작했어. 때마침 재영이가 학원생 중에 RH-, 그것도 B형이 있다며 내 병원에 보내준다고 했어. 나의 사랑하는 동생이 아이를 낳을 수 없는 몸이 된 데다 RH-형이었으니까 혈액형마저 완벽하게 우리와 빼닮은 아이를 낳기 위해 대리모 역할을 할 성숙아를 선택한 거지."

유재환은 유재영의 허리를 손으로 감싼 채 히죽 웃었다.

"그런데 날 미행한 전처가 재영이와 나의 관계를 알고 그걸 성숙아에게도 폭로하려 했어."

"3년 전부터 제빵학원장의 신분으로 잘 위장해 살고 있는데 쓸데없는 복병이 나타난 거야. 남매끼리는 혼인 신고가 불가능해서 마침 가족 없는 학원장이 죽은 김에 그녀 삶을 대신 살고 있는데, 이제 와 모든 걸 망칠 수는 없으니까."

유재영이 뱀처럼 소름끼치는 미소를 지으며 유재환을 거들었다. 희미해지는 구보라의 시야 속에서 그녀 앞에 선 두 사람은 음습한 물뱀 두 마리가 몸을 휘감고 있는 것처럼 보였다. 눈앞의 착시가 점점 심해졌다. 마취의 농도가 강해진다는 것을 알 수 있었다.

유재환이 프로포폴 새것을 뜯어 투약량을 최대로 조절했다. 눈앞이 가물가물하며 어둠으로 뒤덮이기 바로 전, 구보라의 흐릿한 의식 속에서 퍼즐 조각들처럼 여기저기 널브러져 있던 단서들이 하나로 맞춰졌다.

유재환은 성숙아를 프로포폴 중독자로 만들었고 그녀가 정신을 잃었을 때 거울에 소름끼치는 낙서를 하거나 집안의 집기들을 부수었다. 깨어난 성숙아에게 그것들 모두 본인이 한 짓이라고 느끼게끔 여겨 성숙아가 스스로를 '분노조절장애와 기억장애, 조현병이 있는 위험한 정신질환자'인 줄 알도록 세뇌시켰다. RH-형인 성숙아를 임신시켜 아이만 빼앗은 뒤 손쉽게 버리기 위해서였다. 정신이상자의 말은 누구도 믿지 않을 테니까 말이다.

그런데 전처 서지애의 미행으로 유재환의 동생 유재영의 존재가 드러나자, 그것이 도미노처럼 삼 년 전 유재환의 병원에서 프로포폴을 맞다가 사망한 학원장의 존재도 드러낼 것이기에 전처를 없애버리기로 한 것이다.

제빵학원장의 정체가 유재영인 이상, 이미 반죽 상태에서 다량의 수면제가 들어갔을 것이다. 서지애와 성숙아가 잠들기를 기다려 범행이 이루어져야 했던 만큼 중간에 유재환이 서지애에게 전화한 이유는 두 사람이 잠들었는지 확인하려던 속셈이었다.

RH-형인 성숙아에게 아기를 갖게 하는 것이 유재환의 목적이었지만 전처에 의해 유재영의 실체가 탄로 나게 될 위험에 놓이자 그녀의 모태를 훔치는 대신 누명을 씌울 대상으로 계획을 변경한 것이리라. 그렇게 성숙아는 유재환과 유재영의 살인극에 꼭두각시로 이용되었다.

까무룩. 자꾸만 옅어지는 의식 속에서도 속절없이 분개하며 구보라는 정신을 잃었다.

"아무리 그래도 제 휴대폰 번호도 바지락 칼국수로 저장해놓음 어떡해요? 제 전화를 받은 유재영이 칼국수집이냐고 해서 주문해놓은 칼국수 포장됐다고 대답했잖아요."

눈을 뜬 구보라에게 박 형사의 볼멘소리가 쏟아졌다.

"그 덕분에 내가 프로파일러라는 사실을 숨길 수 있었잖아. 그래서 날 죽이기 전에 범죄 커플이 구구절절 과시하듯 설명한 거고."

구보라가 까슬까슬한 입술을 움직여 말하는데 눈앞에 빨대가 보였다. 그녀는 고개를 옆으로 돌려 낼름 빨대를 물고는 시원한 생수를 빨아들였다. 성숙아가 내민 생수병이었다. 구보라는 반쯤 남은 물을 보며 성숙아에게 말했다.

"숙아 씨, 영혼이 목말라서 사랑 중독에 빠진 거죠? 유재환이 던진 사랑이라는 미끼를 문 결과 살인범이라는 누명을 쓰게 됐는데, 중독의 말로는 대개 파멸이거든요."

성숙아의 눈에 눈물이 맺혔다. 구보라가 말을 이었다.

"닥치는 대로 새로운 사랑을 만나도 허무함은 그대로니까, 그 허무함을 메우려 유재환이 주는 프로포폴에 중독되었는데 그와 함께 정신병자로 가스라이팅 당한 거야. 이제 알죠?"

성숙아는 눈물을 흘리며 끄덕였다.

"십자인대가 파열된 다음부터 꿈을 뺏겼다는 핑계로 유재환이 놔준 프로포폴을 맞은 때처럼 늘 그렇게 몽롱한 상태로 살았던 것 같아요. 수술대의 라이트를 달로 보고 수술실을 검은 수면으로 생각했죠. 거기에 물고기 같은 내가, 숨을 쉴 수 없어 퍼덕이다 못해 프로포폴이란 미끼를 물고서야 얌전해지는 내가 있었죠. 유재환이 날 프로포폴 중독으로 만드는 걸 알면서도 모른 체했어요. 괴로운 생을 약물로 잊게 해주는 것, 그게 그 사람 나름의 사랑이라 여겼거든요. 그래서 내가 본 달빛 속의 낚시 장면을 얘기해도 환각일 뿐이라고 말하는 유재환의 말을 믿어왔어요."

"물속에 버린 제빵학원장의 시체가 완전히 부패됐는지 확인하려는 시체 낚시였으니, 환각으로 몰아붙인 게 당연하지."

팔짱 낀 박 형사가 미간을 찌푸리며 말했다.

"유재영이 드 선생님 휴대폰을 끄고 근처 편의점 쓰레기통에 버리고 가는 바람에 선생님 찾느라 애먹었어요. 선생님이 제 휴대폰 음성 사서함에 남겨놓은 대로 유재환이 성숙아 씨에게 의도적으로 접근한 이유가 RH- B형인 것과 관련 있는 것 같다고 말하고, 성숙아 씨를 유일하게 범인으로 보지 않은 선생님 신변이 위험하다고 말하자 열심히 기억을 더듬어주었어요. 숙아 씨에게 프로폴을 투여한 유재환이 달빛 속에서 미친 백골 낚시를 벌였던 곳, 곁에 음산하고 바랜 건물이 있었다고 말해줘서 화안시 끄트머리 노골못 저수지란 걸 알게 됐죠. 거기 폐병동 근처는 인적이 너무 없어 범죄 사각지대로 인식하고 이따금 주시하던 곳이니까요"

구보라는 고개를 끄덕였다. 성숙아가 유재환과 같이 갔다던 낚시터는 구보라가 감금되어 프로포폴을 주입당한 폐쇄병동의 옆이었을 것이다. 유재환은 삼 년 전

가라앉힌 학원장의 시신이 형체도 없이 부패됐는지 확인하려 시신을 버린 폐쇄병동 옆 노골못 저수지를 찾았고 줄에 큰 갈고리를 매달아 물속에 넣는 유재환의 모습이 무언가를 낚시하는 것처럼 보였을 것이다. 유재환이 릴을 당기자 조각난 사람의 백골들이 갈고리에 꿰어져 달빛 속에서 천천히 올라오는 장면은 환상이 아니었다.

유재환은 성숙아를 프로포폴로 재워놓고 백골 낚시를 벌였지만 어느 사이 수면제와 마취약물에 내성이 생겨 의식을 반쯤만 회복한 성숙아는 비몽사몽간 그 장면을 또렷이 각인했다.

그래서 서지애를 죽이는 유재환의 모습 역시 성숙아의 머릿속에 백골 낚시의 환각으로 대체되었을 것이다. 인간 정신은 극심한 충격을 맞닥뜨려 붕괴할 위험에 맞서 망각, 왜곡, 착오와 같은 방어 기제를 발동시킨다. 성숙아의 방어 기제는 유재환의 살인 행각에 달빛 속의 악몽, 이라는 착란을 덮어씌워 실제도 꿈도 아닌 무의식의 모호한 상태에 머물게 함으로써 진실 대면을 늦추는 쪽으로 작동했던 셈이다.

"이제 악몽에서 깨어나요, 숙아 씨. 운명이란 건 말이죠, 극복하지 않으면 굴복하게 된다고요. 언제까지 프리마돈나의 희망이 깨진 악몽 한가운데 스스로 머물러 더 깊이 빠져들 거예요?"

격한 어조를 진정시킨 구보라가 이번엔 낮고 조용한 목소리로, 속삭이듯 말했다.

"수가성 여인이라고, 성서에도 당신과 비슷한 고민을 했던 여자가 나오죠. 그녀도 새로운 사랑만이 구원이라 여겼지만 그것이 헛되다는 걸 안 순간 영혼의 빈 구멍을 진정으로 채울 샘물가를 찾을 수 있었어요."

"누가 신화비평가 아니랄까 봐!"

박 형사가 어깨를 으쓱하며 끼어드는데 김해란 경사가 병실 문을 열었다.

"난리 났어요, 구 경위님. 지금 광수대에서 그 저수지 파고 있는데 백골이 한두 개가 아니래요. 유재환이랑 유재영이 제빵학원장만 죽여서 묻은 게 아닌 거지. 둘이서 이상한 교리 같은 걸 만들어 교주 노릇 같은 것도 했나 봐요. 그 중심엔 정신을 흐리게 하는 약인 프로포폴이 있었구요."

그 말을 들은 성숙아가 손으로 입을 가리며 경악했다가 한숨을 길게 내쉬었다. 자신이 사랑했던, 아니 사랑했다고 믿어온 존재가 자기를 살인 도구로 사용한 것도 모자라 여럿을 죽인 살인마라는 사실에 충격을 받은 동시에 그에게서 헤어났다는 사실에 안도하는 모습이었다.

"경위라 부르지 말랬지?"

구보라가 말하자 김 경사가 혀를 쏙 내밀었다.

"경위님도 박 형사님을 바지락이라 부르잖아요. 세상 다 돌고 도는 거죠, 안 그래요?"

눈을 찡긋하는 김 경사의 익살스런 표정에 우느라 코가 빨개진 성숙아도 같이 웃음 짓지 않을 수 없었다. 오랜만에 진심으로 웃고 있다는 것을 인지한 성숙아는 자신의 영혼이 음습한 달빛 속의 악몽 속에서 또렷하고 환한 한낮의 삶으로 한 발자국 뗐다는 것을 깨달았다.

이 소설 속 구보라와 박지락은 '사사기'의 드보라와 바락을 모델로 한 인물입니다.

신탁을 받아 바락에게 참전할 것을 선포하는 여사제 드보라, 드보라가 같이 가야 자기도 가겠다는 심약한 구석이 있는 영웅 바락. 신의 뜻으로 뭉친 이 둘의 케미가 거짓이 범람하는 오늘의 세상에 진실을 승리로 이끄는 시원한 사이다 한 사발이 되었으면 좋겠습니다.

오래전 이 이야기를 쓰게 하시고 이제 빛을 비춰주신 하나님께 감사드립니다.

흰 살 생선

박상호

1991년 출생. 대구에서 글을 쓰고 있다. 2020년 「호루라기」로 제 2회 119 문화상에서 은상, 「제3의 종」으로 해양환경 스토리 공모 전에서 우수상을 수상했다. 현재 장편 출간을 목표로 이야기를 만들고 있다. 결말을 알고 봐도 재미있는 글을 쓰고 싶다.

1

6월 초, 이른 장마가 시작되던 날이었다.

현관문을 두드리는 소리에 나가보니 문 앞에 S가 서 있었다.

"저녁 안 먹었지?"

내리는 비를 그대로 맞으면서 S는 다짜고짜 그렇게 말했다. 머리칼은 파래처럼 이마에 철썩 붙어 있었고, 살점 있는 뺨으로 수염이 아무렇게나 자라 있었다. 반물색 티셔츠와 갈색 반바지는 오랫동안 빨지 않았는지 썩은 내가 났다.

"같이 저녁이나 할까 하고."

S는 손에 들고 있던 검은 봉지를 내 쪽으로 내밀었다. 아가리를 꽉 조여 맨 봉지는 묵직한 것이 들어 있는 듯 아래로 축 늘어져 있었다. 불투명해서 내용물을 알 수는 없었지만, 빗물이 새어 들어갔는지 봉지 표면으로 노르스름한 국물이 뚝뚝 떨어졌다.

"괜찮지?"

위로 치켜보는 듯한 눈으로 S는 내 동의를 구했다. 나는 선뜻 대답하지 못했다. 그냥 봐도 S의 상태가 심상치 않다는 것을 알 수 있었기 때문이다. 초점이 흐린 S의 눈동자는 흙탕물에 서식하는 민물고기를 떠올리게 했다.

문득 공포감이 느껴져 몸을 물렸다.

"고마워."

내 행동을 다르게 해석했는지 S는 기다렸다는 듯이 몸을 밀고 들어왔다.

S는 얼룩덜룩한 발자국을 남기며 거실로 걸어갔다. S의 축축한 양말에서는 기름과 음식물 쓰레기가 뒤섞인 듯한 역한 냄새가 났다. 나는 널어놓은 마른걸레로 S의 발자국을 닦아냈다.

"이야, 집 좋은데?"

그러고 보니 S가 집으로 찾아온 것은 이번이 처음이었다. 아버지가 돌아가신 후로 나는 이 집에서 쭉 혼자 살아왔다. 평소 목공에 관심이 있던 아버지는 지하에 작업실을 만들고 직접 집을 꾸미셨다. 현재 나는 그 작업실을 다른 용도로 사용하고 있다.

"이쪽이 부엌인가?"

제 집인 양 행동하는 S를 바라보면서 나는 암담한 심정에 사로잡혔다. 여자 친구를 만나기 위해 막 준비하려던 참이었기 때문이다. 그게 아니더라도 S의 행동은 어딘가 수상했다. 몇 년 만에 대뜸 찾아와선 구정물을 뚝뚝 떨어뜨리며 남의 집 싱크대를 아무렇게나 뒤졌다.

S는 선반에서 커다란 스테인리스 냄비 하나를 꺼냈다. 아직 한 번도 사용해보지 않은 냄비였다.

"……뭐 하게?"

S는 힐끗 뒤돌아보더니 볼살을 끌어올리며 씨익 웃었다. 오랫동안 닦지 않아 누레진 치아가 형광등 불빛에 비쳤다. S는 다시 앞을 보고 냄비를 이리저리 돌려가며 살펴봤다.

"비가 오잖아. 해물탕이나 해 먹을까 하고."

머릿속이 복잡했다.

나는 문득 S가 가져온 검은 봉지를 떠올렸다. 시야를 미끄러뜨려 봉지를 찾았다. 봉지는 싱크대 위에 올려져 있었다. 힘없이 좌우로 납작해진 봉지에서 누런 물이 계속 배어 나왔다. 저 안에 든 건 뭘까. 해물탕이라고 했으니 해산물일까. 위생상으로 문제는 없는 걸까. 그렇게 생각하자 S의 체취에서 비린내가 나는 것도 같았다.

"……도와줄까?"

"아니야, 됐어. 혼자 하면 돼."

실제로 도와줄 생각은 없었다. 요리에 취미도 없을뿐더러 저런 S 옆에 나란히 서는 것이 싫었다. 단지 S 혼자 부엌에 두기가 불안했다.

"금방 되니까 거실에 가서 쉬고 있어."

내 생각을 읽기라도 한 듯 S가 말했다. S는 나라는 존재는 신경도 쓰이지 않는다는 듯 냉장고 안을 뒤졌다. 내용물들을 하나하나 손으로 밀쳐내며 무언가를 찾았다. 휘파람을 불었다. 다른 손으로는 젖은 바지 안에 감춰진 질펀한 엉덩이를 북북 긁어댔다.

"오, 너 집에서 해 먹는 모양이네?"

"자주는 아니고 가끔."

여태까지는 줄곧 인스턴트 음식이나 배달음식으로 때웠다. 하지만 여자 친구가 생기고부터 집에서 해 먹는 날이 많았다. 여자 친구는 내가 해준 음식을 좋아했다.

S는 냉장고에서 팽이버섯, 표고버섯, 콩나물, 쑥갓, 고추, 마늘, 생강 등을 꺼냈다. 뭔가 빠졌다는 듯 주위를 두리번거리더니 냉장고와 벽 사이에서 처박아둔 대파 하나를 뽑아들었다. 윗부분이 누렇게 말랐다.

물을 채운 냄비를 가스레인지 위에 올려둔 다음, S는 재료들을 손질하기 시작했다. 칼질을 하면서 노래를 부르기도 하고, 춤을 추기도 했다. 술이 올랐을 때 부르는 것처럼 음정과 박자가 하나도 맞지 않았다. 나는 이러지도, 저러지도 못할 심정으로 그 뒷모습을 지켜봤다.

S는 능숙한 손놀림으로 재료들을 손질한 뒤 소쿠리에

꺼내 담았다. 양이 꽤 많았다.

"음, 무나 꽃게 같은 건 없어? 아니면 바지락도 괜찮은데. 풍미가 달라지거든."

바지락은 없지만 무와 게라면 있었다. 며칠 전 여자친구에게 꽃게탕을 해주기 위해 사두었다. 말을 해주자 S는 큼지막한 손을 마주치며 연극 같은 소리를 냈다.

S는 적당한 크기로 무를 썰고 게 다리를 툭툭 떼어내어 냄비 물에 담갔다. 육수를 우려낼 동안 내용물을 손질하려고 하는지 검은 봉지를 자기 앞으로 당겼다. 그대로 봉지 아가리를 벌리려는 순간, S는 퍼뜩 생각났다는 듯이 뒤를 돌아봤다.

"거실에서 기다릴래? 금방 되니까."

유난히 도드라져 보이는 S의 붉은 홍채가 마치 살아 있는 생물처럼 꿈틀거렸다. 그 눈을 보고 다른 말은 할 수 없었다. 나는 거실 바닥에 정좌를 하고 앉아 두 무릎을 들썩들썩 움직이며 S가 얼른 이 집에서 나가주기만을 바랐다.

얼마쯤 지났을까. 아주 잠깐 맛있는 냄새가 났다. 앉은 자세로 상체만 움직여 쳐다보자 S가 막 냄비 뚜껑을 닫던 참이었다. 이 냄새는 설마 저 냄비 안에서 나온 걸까. 더러운 S의 행색과는 어울리지 않는 냄새였다.

"앗, 내 정신 좀 봐라."

S가 돌아보려고 해서 나는 재빨리 자세를 바로 했다.

"혹시 밥은 있어?"

"밥솥에 조금."

"이제 거의 다 된 것 같은데. 밥 좀 퍼줄래?"

오후에 한 밥이어서 아직 생글하니 윤기가 감돌았다. 넙적한 밥그릇에 밥을 푸면서 나는 슬쩍 싱크대 위를 살폈다. 그러나 내 위치에서는 뚱뚱한 S의 몸에 가려 보이지 않았다.

"아, 상을 펴야 되는데."

밥을 푸고 보니 생각이 났다. 식탁은 이인용인 데다 벽에 바짝 붙여놓아서 공간이 좁았다. 다른 사람이라면 몰라도 S가 앉기에는 무리가 있었다. 더군다나 이런 공간에서 S와 마주 보며 밥을 먹고 싶진 않았다.

"뭐, 상관없지. 깔개는 있지?"

나는 베란다에 놓아둔 밥상을 가져와 거실에 놓았다. 상 가운데 깔개를 얹자 S가 냄비 손잡이를 행주로 감싸 쥐고 나왔다. S는 내 맞은편에 엉덩이를 깔고 앉았다.

"자, 먹을까?"

뚜껑을 열자 뜨거운 김이 얼굴로 와락 덤벼들었다. 피어오르는 김에서 정말이지 참을 수 없이 좋은 냄새가

박상호

났다. 좀 전에 맡았던 그 냄새였다.

"맛이 어떨지 모르겠네."

S는 그렇게 말하며 국자로 탕을 휘저었다. 잘 익은 무와 팽이버섯이 꿈틀거리며 식욕을 자극했다. 적당히 붉은 빛이 도는 국물에 굴, 새우, 생선이 옹기종기 모여 있었다. 대파와 표고버섯, 쑥갓이 그것을 감싸는 형태로 냄비 테두리를 채웠다.

"한번 먹어봐."

S의 말이 떨어지기 무섭게 나는 숟가락을 들었다. 이미 머릿속에 자리 잡고 있던 불안감은 사라진 뒤였다. 그만큼 S가 만든 해물탕은 나를 매료시켰다.

나는 숟가락을 헹궈내듯 탕을 휘휘 저은 뒤에 조심히 한 입 떴다. 뜨거운 국물이 식도를 타고 흘러가는 모습이 바로 눈앞에 보이는 듯했다. 나는 S의 얼굴을 쳐다보고 다시 한번 떠먹었다. 이번에는 잘 익은 무를 살짝 도려내어 국물과 함께 먹어봤다. 그리고 경악했다.

맛있었다.

미치도록 맛있었다.

어느새 나는 여자 친구와의 약속도 까맣게 잊은 채 정신없이 해물탕을 탐하고 있었다. 가져온 국자와 앞접시에는 손도 대지 않은 채 열심히 수저를 움직였다. 수

저를 멈출 수가 없었다.

국물과 함께 잘 익은 팽이버섯을 떴다. 팽이버섯이 어금니 사이로 씹히며 뽀드득 소리를 냈다. 동시에 칼칼한 육수가 터져 나오면서 입안을 향긋하게 채웠다. 나는 수저를 내려놓고 젓가락으로 바꿔 들었다. 살이 통통하게 오른 굴을 집어 입에 넣었다. 눈물이 핑 돌 정도로 뜨거운 것이 혀와 입천장 사이를 정신없이 굴러다녔다.

맛있었다.

"잘 먹네."

S는 흡족한 얼굴로 나를 바라봤다. 그제야 나 혼자 먹고 있었다는 사실을 깨달았다.

"너는 안 먹어?"

괜히 민망한 기분이 들어 묻자 S는 씨익 웃으며 느릿하게 젓가락을 들었다. S는 젓가락으로 냄비 바닥을 크게 휘젓더니 생선 토막을 건져 올렸다. 유난히 살이 하얀 생선이었다. S는 그것을 젓가락으로 능숙하게 해체하더니 두툼하게 살을 잘라 입에 넣었다. 그리고는 되새김질을 하듯 귀밑을 옴직옴직하며 오랫동안 맛을 음미했다. 마치 목구멍으로 밀어 넣기 아쉽다는 듯한 모습이었다.

"진짜는 이거야."

생선을 꿀꺽 삼키며 S가 말했다. 만족스럽다는 듯 입꼬리가 실룩실룩 올라갔다.

그 모습을 보고 있자니 다시 군침이 돌았다. 나는 S가 살점을 파낸 부분을 조금 도려내어 입에 넣었다. 부드러운 살이 입안에서 순식간에 으스러졌다. 국물과 기름기가 한데 어우러져 맛이 끝내줬다. 생선 살의 부드러움은 씹으면 씹을수록 담백함으로 변했다. 문득 소주한잔이 생각났다.

"맛있군. 정말 맛있어."

진심으로 그런 말이 나왔다. S는 싱글싱글 웃으며 바닥에 가라앉은 것들을 수시로 건져 올렸다.

냄비 바닥이 보일 때까지 우리는 한마디도 하지 않았다. 평소 해물탕을 즐겨 먹지 않는 나로서는 놀라운 식탐이었다. 맛이 있다고 해도 입이 짧아서 과식은 하지 않는 편인데 지금은 여전히 배가 고픈 기분이었다. 목구멍에 넘기고 나면 곧바로 여운이 남아 입술을 핥았다.

더 이상 건져 먹을 것이 없을 때가 돼서야 숟가락을 놓았다. 나는 두 손을 뒤로 짚고 기댄 채 혀로 이를 훑었다. 남아 있는 국물의 끝 맛이 느껴지자 못내 아쉬운 기분이 들었다.

"귀한 생선이야. 운 좋은 줄 알라고."

"정말 그런 것 같네. 비린 맛이 하나도 안 나. 무슨 생선인데?"

내 물음에 S는 대답 대신 누런 이를 보이며 웃었다. 잠시 후 S가 들려준 말은 내 질문과는 전혀 동떨어진 이야기였다.

"내가 아는 녀석 중에 운이 지지리도 없는 놈이 하나 있어."

"누구?"

S의 친구라면 분명 나도 아는 녀석일 것이다. 대학에 진학하기 전까지 S에게는 친구가 없었다.

S는 천천히 고개를 흔들었다.

"너는 몰라."

"대학 친구 아니야? 사회에서 만난 사람?"

"그 녀석에게 안 좋은 사건이 두 가지 생겼지."

S는 내 말을 가볍게 무시하고 이야기를 계속했다.

"첫 번째 사건은 이 녀석이 베지테리언이 되어버렸다는 거야. 베지테리언, 알아?"

"채식주의자 아닌가?"

"맞아. 근데 이 녀석은 처음부터 베지테리언이었던 건 아니야. 다른 사람들처럼 어떠한 계기가 있어서 그렇게 된 거지."

박상호

"베지테리언이라면 이 해물탕도 못 먹겠군."

"그 녀석이 왜 베지테리언이 되었냐 하면……."

S는 이제 부스러기만 남은 냄비 바닥을 수저로 긁어
냈다.

"고기를 먹으면, 그 먹은 짐승의 말소리가 들린다는
거야. 그게 아주 괴로웠대."

S의 말을 바로 이해하지 못했다. 내 얼굴에 의아함이
떠올랐는지 S는 작게 웃으며 설명을 덧붙였다.

"하루는 녀석이 소고기를 먹었어. 회식 날이었지. 소
고기를 싫어하는 사람은 없잖아? 녀석은 맥주도 마다
하고 정신없이 고기만 집어 먹었어. 맥주를 마시면 배
가 부를 테니까 말이야. 익은 놈, 안 익은 놈 가릴 것 없
이 마구잡이로 입에 쑤셔 넣었지. 그도 그럴 것이 그 집
이 1등급 한우만 취급하는 곳이었거든. 회식이 끝나고
녀석은 빵빵해진 배를 기분 좋게 두드리며 집으로 향했
어. 아내는 벌써 자고 있었지. 깨지 않게 조심히 그 옆에
누우려는데 갑자기 잡아 찢는 듯한 비명 소리가 들리더
래. 정말이지 무지막지한 비명이었지. 깜짝 놀라 아내를
쳐다봤는데, 아내는 세상모르게 자고 있는 거야. 잘못
들은 건가 싶어서 몸을 누우려는데 다시 들렸어. 고통
스럽다는 듯이 울부짖는 소리가."

"……그래서?"

"결국 꼴딱 밤을 새고 말았지. 처음에는 녀석도 스트레스 탓에 환청이 들리는 거라고 생각했어. 그때쯤 이것저것 신경 쓸 일이 많았으니까. 근데 문제는 그다음에 일어났어. 기분전환이라도 할 겸 아내와 집 앞 고깃집에서 삼겹살을 먹고 나온 날이었지. 배도 부르겠다, 녀석은 집에 오자마자 곧바로 잠이 들었어. 한 시간쯤 잤나? 귓전에서 어떤 목소리가 들리더래."

"무슨 소리?"

S는 수저 뒤에 묻은 국물을 혀로 핥으며 말했다.

"뜨거워……, 라고 하는 것 같더라는군. 깜짝 놀라 눈을 떴는데 주위는 고요했어. 아내도 자고 있고 말이지. 온몸이 땀에 젖을 정도로 선명한 목소리였는데…… 아무튼 녀석은 얼음물이라도 한잔할 생각으로 부엌에 갔어. 어둑한 부엌에서 물을 벌컥벌컥 마시는데 또다시 말소리가 들리더라는 거야. 뭐랄까, 늘 감기를 달고 사는 듯한 목소리랄까. 걸걸하고 갈라지는, 아주 듣기 싫은 목소리였지. 부엌엔 녀석 혼자 밖에 없었는데 말이야. 부엌 구석구석을 돌아봤는데 아무도 없었어. 그때 와인 진열대에 뭔가가 비친 것 같더래. 녀석은 천천히 다가가보았지."

S가 말을 멈추자 순간 볼륨을 높인 듯 빗소리가 크게 들렸다. 어쩐지 으스스한 기분이 들어 뒤를 쳐다보자 빗방울이 창문에 부딪치며 손톱으로 두드리는 듯한 소리를 냈다.

"진열대 유리로 어둑한 부엌 풍경이 비쳤어. 그 가운데 뭔가 희끄무레한 형상이 있었지. 분명히 그곳에 있었어. 녀석이 다가갈수록 그 형상도 점점 몸집을 불렸지. 진열대 앞에 선 순간, 녀석은 깜짝 놀라 뒤로 물러났어. 진열대 유리에 자기 자신이 비치고 있던 거야."

"하핫, S야, 그건 당연한 거 아니야? 사람은 누구나 유리에 비친다고."

"그렇지. 근데 놀란 건 그 때문이 아니야. 그 목소리가, 뜨겁다며 비명을 질러대는 그 목소리가, 바로 그 녀석 목에서 들려왔기 때문이야."

"뭐?"

"귀를 기울이지 않아도 들렸어. 뜨거워, 살려줘, 날 좀 꺼내줘. 아주 선명하게 들렸지. 자신의 목구멍을 타고 올라와 귀로 들렸으니 얼마나 생생했겠어?"

"그, 그럴 리가 없잖아. 그건 분명 착각……."

"그때 녀석은 깨달았지. 그 목소리가 그날 먹은 돼지고기의 목소리라는 걸."

좁은 거실에 한순간 정적이 흘렀다.

조금씩 빗소리가 들리기 시작할 즈음, S가 손바닥을 펼쳐 내밀었다.

"잠깐만. 전화가 왔군."

S는 주머니에서 낡은 기종의 휴대폰을 꺼냈다.

"응, 그래. 음, 음. 안 그래도 지금 다 먹었어. 이제 들어가야지. 음, 그래. 얼마나 맛있게 먹던지 내가 다 기분이 좋더라니까. 응? 아니야. 정말 내가 만들었어."

아주 친한 사이인지 S의 말투가 조금 바뀌었다. 필요 이상으로 큰 목소리를 내는 것도 이상했다. 상대방 목소리는 이쪽에서 들리지 않았다. 내가 옆에서 듣고 있거나 말거나, S는 상대가 눈앞에 있기라도 한 듯 손짓까지 섞어가며 통화를 했다.

"그래그래, 그렇다니까. 하하핫, 그건 아니고. 응, 그래. 금방 들어갈게. 응, 응."

통화를 마치고 S는 웃음기가 남은 얼굴로 나를 바라봤다.

"내가 요리를 해줬다니까 아내가 안 믿는군."

순간 내 사고는 정지했다.

"어서 와서 자기도 만들어달라네. 얼른 가봐야겠는데."

"가, 가봐야지 그럼."

"이거 미안해서 어쩌지. 설거지는 혼자 좀 해야 할 것 같다."

"신경 쓸 것 없어. 나야말로 얻어먹기만 해서 미안했는데."

S는 잇몸을 드러내며 웃더니 천천히 몸을 일으켰다.

"그럼 뒷정리 좀 부탁할게."

우산을 권할 새도 없이 S는 현관문 밖을 저벅저벅 걸어 나갔다. 얼마쯤 걸어가다 비에 젖은 얼굴로 휙 돌아봤다. 그리고는 다시 한번 웃었다.

S의 커다란 몸이 어둠 저편으로 완전히 사라질 때까지, 나는 현관문 앞에 서 있었다.

거실로 돌아온 나는 부스러기만 남은 냄비를 내려다봤다.

미쳤다.

단단히 미쳤다.

S는 단단히 미쳐 있다.

S의 아내 은미는 3년 전에 실종되었다.

2

S와 나, 그리고 은미는 대학시절 같은 과 동창이었다.

은미는 흔해빠진 보통 여학생들과는 달랐다. 고결하고 품위 있는 외양 안에, 상냥하고 부드러운 내면을 감추고 있는 여성이었다. 고급 켄트지처럼 빛이 나는 얼굴과 생각에 잠겨 있는 듯한 눈동자, 나긋하고 친절한 말투까지. 은미가 지닌 하나하나는 뭇 남성들에게 말도 안 되는 동경의 대상으로 취급되었다.

물론 나도 그중에 하나였다. 당시 나는 은미를 짝사랑하고 있었다. 풍경의 일부처럼 늘 주변을 맴돌며 한 번이라도 나를 봐줬으면 하고 바랐다. 그러다 정작 눈이라도 마주치면, 내 안의 아주 연약한 부분이 들킨 것 같아 얼른 눈을 피하곤 했었다.

분명 은미도 내 마음을 알고 있었으리라. 그러나 나는 그때 은미가 보내는 미세한 신호를 미처 알아차리지 못했다.

중간고사가 끝나갈 무렵, S가 학교 앞 카페로 나를 불렀다.

— 은미랑 사귀기로 했다.

주문한 음료가 나오기도 전에 S가 말했다. 내뱉는 말투였지만 얼굴은 히죽히죽 웃고 있었다.

— 너한테 맨 먼저 말해줘야 할 것 같아서.

그때 나는 S의 말을 믿지 않았다. 장난이거나 망상이

박상호

심하거니 생각했다. 그도 그럴 것이, 그 시절부터 S의 머리숱은 듬성듬성 빠져나가고 있었다. 얼굴은 심한 곰보에다 말을 할 때마다 풍기는 입 냄새는 교수가 직접 언급할 정도로 심했다.

물론 은미가 외모로 사람을 판단하는 돼먹지 못한 아이가 아니란 건 알고 있었다. 그렇다고 해도 어째서 S와……

나는 둘 사이에 모종의 거래가 있었을 거라고 결론지었다.

그것은 혼자만의 생각이 아니었다. 두 사람이 본격적으로 손을 잡고 다닐 때부터 학부 내에서는 여러 소문이 떠돌기 시작했다.

— 부모끼리 아는 사이였나 봐. 어렸을 적부터 결혼을 시키기로 약속했대.

— 은미 집에 어마어마한 빚이 있었다던데? 그걸 S의 집에서 갚아줬어.

— 언젠가 S가 동영상을 보여준 적이 있어. 발가벗은 여자가 나오는 건데, 지금 생각해보니 그게 은미가 아니었나 싶다. 그걸로 협박을 한 거야, S 녀석.

나는 소문을 믿지 않았다. 하나같이 근거 없는 이야기라고 생각했다. S의 부모님은 S가 3살 때 교통사고로 돌아가셨다. 그 뒤로 S는 고등학교 때까지 이모 집에서 자랐다. 은미가 S 앞에서 옷을 벗을 이유도 없다. 나는 소문을 퍼뜨린 놈을 은밀히 불러내 흠씬 두들겨 패주었다. 그렇게 해도 가슴 한편에 끈적하게 들러붙어 있는 불안감은 사라질 줄을 몰랐다.

매미 소리가 더위를 어지럽히던 8월의 어느 날, 은미가 우리 집을 찾아왔다.

— S에게는 비밀로 해줘.

그렇게 말하며 은미는 다짜고짜 신발을 벗었다.

내 방 침대에 걸터앉은 은미는 입술을 꼭 다문 채 한동안 말이 없었다. 나는 어쩔 줄 모를 마음으로 은미의 하얗고 긴 목덜미를 내려다봤다.

오랜 침묵이 흐른 후에 은미는 조용히 말했다.

— 나, S에게 맞은 적이 있어.

그러더니 대뜸 티셔츠 소맷자락을 둘둘 말아 올렸다. 매끈한 팔뚝 가장자리에 시퍼런 멍이 자리 잡고 있었다. 내가 넋을 잃고 바라보자 은미는 부끄럽다는 듯이 몸을 틀었다.

— 가끔 그래. 아주 가끔.

그리고 고개를 숙인 채 입을 다물었다.

나는 상황을 파악하려고 애썼다. 무슨 말을 해야 할

지, 어떻게 대처해야 할지, 그때의 나는 알지 못했다. 그 저 가슴에 모래 알갱이가 들이차는 듯한 감각을 느끼며 멍청하게 서 있을 뿐이었다.

은미는 몇 분쯤 그렇게 앉아 있다가 훌쩍 방을 떠났다.

그 뒤로 사흘에 한 번씩, 은미는 집으로 찾아왔다. 은미의 방문이 계속될 때마다 내 마음은 무거워졌다. 당장 S를 찾아가 따지고 싶었다. 은미를 괴롭히지 말라고 말해주고 싶었다. 하지만 그러지 못했다. 은미가 비밀로 해달라고 했기 때문에. 이 비밀을 깨트리면 우리 둘 사이가 멀어질 것 같았기 때문에. 이렇게라도 은미를 가까이서 보고 싶었기 때문에.

여름이 지나갔다. 새 학기가 시작되고 얼마 되지 않을 무렵, 두 사람은 식을 올렸다. 그 뒤로 은미는 집에 찾아오지 않았다.

다음 해 졸업을 한 뒤로 나는 S와 보지 못했다. 먼저 연락을 하지도 않았고, 연락이 오는 일도 없었다. 간혹 동창들로부터 둘의 소식을 듣기는 했다. 둘 사이에 아직 애가 없다는 것, 술에 취한 S가 은미에게 손찌검을 했다는 것, 다음 날 울고 불며 잘못을 빌지만 얼마 지나지 않아 다시 손을 댄다는 것. 그런 소문이 들릴 때마다 내 가슴은 젖은 모래로 가득 찼다.

몇 달 후 아버지가 돌아가셨다. 짐을 정리하던 중에 은미가 사라졌다는 소식을 들었다. 경찰은 남편인 S를 가장 유력한 용의자로 지목했다. 그러나 이렇다 할 혐의점을 찾지 못한 채 S는 풀려났다. 그 이후 3년이 지났다. 사건은 결국 단순 가출로 종결되었다.

3

S는 사흘 뒤에 다시 찾아왔다.

"저녁이나 같이 먹을까 하고."

S는 사흘 전과 똑같은 모습으로 검은 봉지를 손에 쥐고 있었다.

미쳤다. 제정신이 아니다. 집에 들여선 안 된다. 그렇게 생각했다. 그러나 정신을 차리고 보니 어느새 나는 몸을 물려 자리를 비켜주고 있었다. 공포심 때문이었을까. 아니면 전에 맛보았던 음식 맛 때문이었을까. 스스로도 알 수 없었다.

"오늘은 회야. 괜찮지?"

S는 자연스럽게 부엌으로 들어가 싱크대 선반을 뒤졌다. 나는 걸레로 발자국을 닦으면서 검은 봉지로 시선을 주었다. 전과 마찬가지로 검은 봉지는 힘없이 축 늘

어져 싱크대에 찰싹 붙어 있었다. 그냥 보기에는 내용물이 많지 않아 보이는데, 어디서 그렇게 많은 생선이 나온 걸까.

그때, S의 얼굴이 홱 돌아봤다. 갑자기 돌아보는 바람에 미처 시선을 피하지 못했다. S는 천천히 내 시선을 더듬어보더니 한순간 눈을 치켜떴다.

"금방 손질해서 나갈 테니까 부엌엔 들어오지 마. 간장이랑 고추냉이는 있지?"

얇은 나뭇가지를 톡톡 부러뜨리는 듯한 말투였다. 나는 간장과 고추냉이의 위치를 알려주고 상을 들고 나왔다. 그리고는 S의 시선이 닿지 않는 곳으로 가 앉았다.

S는 대체 왜 이러는 걸까. 왜 나를 찾아온 걸까. 왜 매번 생선 요리를 해주려는 걸까.

모르겠다. 알 수 없다. 생각을 하면 할수록 형상을 알 수 없는 무언가가 서서히 나를 포위해오는 기분이었다.

일단은 S의 기분에 맞춰주도록 하자. 녀석의 말에 호응해주도록 하자. 녀석은 지금 제정신이 아니니까. 무슨 짓을 할지 모르니까.

그게 내가 내린 결론이었다.

잠시 후 S가 넓은 접시를 들고 나왔다.

"와."

처음에는 일부러 소리를 내려고 했다. 하지만 접시 위에 담긴 내용물을 보자, 생각보다 먼저 탄성이 터져 나왔다.

접시 위에는 어마어마한 양의 회가 올려져 있었다. 얇게 썬 무채를 바닥에 깔고, 그 위에 흰 살 생선이 둥그렇게 펼쳐져 있었다. 접시 가장자리는 채소로 장식을 했고, 그 아래 국화 모양으로 다듬은 고추냉이가 곁들어져 있었다. 도저히 집에서 만들었다고 볼 수 없는 호화스러운 자태였다. 아마 횟집에서 보았다면 주머니 사정을 걱정해야 했으리라.

"네가 한 거야?"

나는 국화 모양의 고추냉이를 가리키며 말했다. S는 흡족한 듯 고개를 끄덕였다.

"언제 배운 거야, 이런 건."

"배우긴 뭘. 그냥 아내가 하는 걸 옆에서 보고 따라 해봤어."

그 말에 내 마음은 다시 무거웠지만, 내색하지 않고 웃는 표정을 만들었다.

나는 접시 위에 함께 올려둔 간장 그릇을 내 앞으로 가져왔다. 형광등 불빛을 받은 흰 살 생선이 반짝반짝 빛을 내며 식욕을 자극했다. 저절로 침이 고였다.

"어서 먹어봐."

나는 생선회로 젓가락을 뻗었다. 흰 살 생선을 고추냉이를 푼 간장에 살짝 담갔다가 입에 넣었다. 곧바로 두툼한 질감이 치아 사이사이로 느껴졌다. 씹으면 씹을수록 안에 가득 들어찬 기름기가 혀에 스며들며 담백함을 더했다. 알싸한 고추냉이 향이 뒷맛을 잡아주면서 입안에 퍼졌다.

나는 몇 번 씹기도 전에 꿀걱하고 삼켜버렸다.

"음, 맛있어. 이거, 정말 맛있는데?"

정말이지 가슴에서 우러나온 감상이었다. S는 손가락으로 콧구멍을 후비며 헤헤 웃었다.

맛을 본 뒤에는 정신을 차리지 못했다. 나는 회를 두 점씩 집어 입에 넣었다.

"음, 무슨 생선이지? 도미인가? 광어는 아닌 것 같고. 음, 비린내가 전혀 안 나."

S는 고추냉이를 듬뿍 집어 회에 올린 다음 간장에 살짝 찍어 먹었다.

"전에 말했었지? 베지테리언 친구 말이야."

아직 채 씹히지 않은 덩어리를 목구멍으로 밀어 넣으며 S가 말했다.

"베지테리언?"

"왜 있잖아. 자기가 먹은 짐승의 목소리가 들린다고 했던."

"아아…… 들은 것도 같네."

나는 무채에 회를 둘둘 말면서 관심 없는 척 말했다.

"그 녀석에게 안 좋은 사건이 두 가지 있었다고 했지. 전에 하나를 말해줬으니 오늘 나머지 하나를 말해줘야 겠군."

S는 생선 덩어리를 입속에 넣으며 이야기를 시작했다.

"그 일이 있고부터 녀석은 완전히 패닉에 빠졌어. 안 그렇겠어? 다시 그 목소리를 들을까 봐 고기는 입에도 대지 못했지. 아니, 고기는 차치고 어떤 음식도 먹지 못 했어. 먹으면 곧바로 구토감이 일었거든. 불과 한 달 만 에 녀석은 10킬로그램이나 빠졌어."

"병원에는 가본 거야? 아내가 있었다고 하지 않았나?"

나는 두툼한 생선회를 어금니로 오물오물 씹으며 물 었다.

"그게…….'

S는 대답하기 망설여진다는 듯 자세를 고쳐 앉았다.

"마침 그맘때쯤 아내의 몸에도 문제가 생기기 시작했 거든."

"아내도?"

"그래. 뭐랄까, 녀석의 상태와는 다른…… 그러니까……."

"뭔데 그래?"

S는 손톱에 난 거스러미를 앞니로 잡아 뜯었다.

"아내의 손에 물갈퀴가 생긴 거야."

"물갈퀴라니? 혹시…… 품, 푸하핫."

순간 나도 모르게 웃음이 터져 나왔다.

"아니, S야. 아무리 그래도 물갈퀴는 좀…… 푸하하핫."

나는 입속의 내용물이 튀지 않게 조심하며 한바탕 웃어젖혔다. 도중에 사레가 들려 기침을 토하기도 했지만 웃음은 멈추지 않았다.

잠시 후 고개를 들었을 때, S는 표정이랄 게 없는 얼굴로 나를 쳐다보고 있었다.

"내 말, 안 믿는 거야?"

"아니, 그러니까 나는……."

말을 얼버무리면서 나는 괜히 회를 한 점 집어 간장에 담갔다.

"믿지 않는다기보단 너무 황당해서. 그렇잖아. 물갈퀴가 있다는 사람, 들어본 적 없는걸."

"그래. 그렇겠지. 근데 사실이야."

S는 진지한 얼굴로 이야기를 이어갔다.

"분명 물갈퀴가 났어. 손가락 마디 사이사이로 투명한 비늘 같은 것이 돋아났지. 녀석도 처음에는 믿지 않았어. 아내가 웬일로 장난을 치나 싶었대. 근데 하루가 지나고, 이틀이 지나도록 그게 없어지지 않는 거야. 그제야 뭔가 잘못됐다는 걸 깨달은 녀석은 재빨리 아내를 데리고 병원에 가려고 했지. 그때쯤엔 아내는 이미 일어설 기력도 없었거든. 근데 무슨 일 때문인지 아내는 병원 대신 욕실로 데려가 달라고 그랬어. 그 목소리가 너무 간절해서, 녀석은 하는 수 없이 아내를 욕실로 데려갔지. 아내의 말대로 욕조에 찬물을 받고 그 안에 아내를 눕혔어. 열이 높아서 그런가 했지. 그런데 놀라운 일이 일어났어. 욕조에 몸을 담근 지 얼마 지나지 않아 아내가 무슨 일 있었냐는 듯 평온한 얼굴을 한 거야. 우리가 따뜻한 방바닥에 몸을 눕혔을 때처럼 말이야."

S는 왜 이런 말도 안 되는 이야기를 들려주려는 걸까. 나는 점점 더 알 수 없었다.

"녀석의 아내는 한동안 그러고 있었어. 아무리 여름이라지만 그 차가운 물에 몇 시간씩 있을 사람이 어디 있나. 녀석은 결국 아내를 욕조에서 꺼내려고 했지. 그런데 그러지 못했어. 감싸 쥔 아내의 어깨로 오돌토돌한 비늘이 돋아나 있었거든."

박상호

"비늘?"

"그래, 비늘. 생선 껍질처럼 말이야. 녀석이 질겁하고 물러서자 아내가 나직한 목소리로 말했대. 자신을 바다로 데려가달라고."

"바다……."

"그래. 녀석의 아내는 인간이 아닌 다른 종이 되어가는 중이었어. 엇, 잠깐만."

S는 손바닥을 펼쳐 보이더니 부엌에서 남은 회를 가져와 접시에 모두 부었다. 나 혼자 생선의 반을 먹어치운 것이다.

"이게 마지막이야."

"어. 고맙다."

나는 갓 내온 흰 살 생선을 한 점 베어 물었다. 녹을 듯 부드러운 식감이 입안 가득 퍼졌다. 삼키고 나면 곧바로 여운이 남아 입술을 핥아야 했다.

"계속 이야기하지. 녀석은 일단 시간을 두고 지켜보자고 생각했어. 그도 그럴 것이 아내는 완전히 완쾌한 것처럼 보였거든. 아니, 전보다 훨씬 활기차 보였어. 몸에 비늘이 난 것을 제외하면 말이야. 근데 물 밖으로 내놓으면 아내는 금방 시름시름 앓아버려. 물속에 들어가면 다시 얼굴에 생기가 돌고. 미칠 노릇이었지. 정말 물고기라도 된 것 같았어."

S는 장식으로 올린 풀잎을 입에 넣어 질겅질겅 씹었다.

"며칠, 아니 몇 주 동안이나 아내는 욕조에서 지냈지. 음식이라고는 푹 삶은 미음만 먹었어. 그마저도 토하기 일쑤였지. 녀석과 마찬가지로 아내도 먹는 걸 모조리 거부하는 거야. 덕분에 그 집 부엌에는 오랫동안 불을 켤 일이 없었지. 몇 달쯤 지났을까? 아내의 움직임이 이상하다 싶어서 들여다봤더니 글쎄 아내의 두 다리가 철썩 달라붙어 있는 게 아니겠어?"

"다리가 붙었다고?"

"그래. 마치 처음부터 하나였다는 듯이 말이야. 매끈하고 끈적끈적한 막 같은 게 다리 사이를 이어주고 있었지."

"……지금, 인어를 말하는 거야?"

"그래, 맞아. 녀석의 아내는 인어가 된 거야. 어느 순간 온몸이 반짝거리고 발이 있던 곳엔 넓적한 지느러미가 돋아났지."

"……S야."

"완전히 인어가 되어버린 거야, 녀석의 아내는. 그때쯤엔 혀가 퇴화돼버린 것처럼 말도 제대로 못 했어. 그런데도 아내는 힘을 주어 부탁했지. 바다에 보내달라고, 자신을 이제 그만 놓아달라고. 정말 간절하게 애원하더군."

좀 전까지만 해도 담백했던 회 맛이 타이어 고무를 씹는 것처럼 느껴졌다. 새로 가져온 회의 반도 먹지 못한 채 나는 젓가락을 내려놓았다.

"왜? 더 안 먹고."

"배가 부른 것 같네."

"그래?"

S는 납득이 안 간다는 듯 고개를 갸웃하며 젓가락 가득 회를 집어 들었다. 콧김을 푸흥 내뿜으며 쩝쩝 소리를 낸다.

"녀서긍 그얼 수 어섯어."

"뭐?"

S는 어금니 이쪽저쪽으로 바쁘게 회를 씹어 넘겼다. 혀로 윗니를 쓱 훑으며 쩝 소리를 냈다.

"녀석은 그럴 수 없었어. 아내를 너무 사랑했거든. 어떻게든 옆에 두고 싶었어. 평생 함께하고 싶었지. 하지만 녀석도 대충은 알고 있던 모양이야. 아내가 더 이상 좁은 욕조 안에서 살아갈 수 없다는 걸."

S는 젓가락 끝으로 남은 회를 획획 뒤집었다. 형광등 불빛을 받아 반질거리는 회를 듬뿍 퍼서 입에 넣는다.

쩝쩝대는 소리.

"그래서 녀석은 결심하게 됐지. 아내를 먹어버리자고."

"뭐?"

"녀석은 먹은 짐승의 소리를 들을 수가 있잖아."

쩝쩝대는 소리.

"자, 잠깐만, S야."

"아내는 인어가 된 거야. 인어는 생선이잖아. 먹는다고 죄가 될 건 없지."

"그거 설마……."

"녀석의 생각이 맞았어."

"네가 그랬다는 건 아니지?"

"그렇게 하면 평생 아내의 목소리를 들을 수 있으니까."

"농담하는 거지?"

"어디를 가든 떨어지지 않고……."

S는 문득 말을 끊고 고개를 홱 돌렸다. 그리고는 아무것도 없는 곳을 뚫어져라 쳐다보았다. 마치 공기의 흐름이라도 보고 있다는 듯이 눈을 가늘게 떴다.

일 분 정도 그렇게 있다가 S는 자세를 바로 했다.

"……왜."

"아닌가……."

S는 긴장을 푼 뺨을 손으로 북북 긁었다.

"분명 집사람 목소리였는데…… 너, 우리 집사람 목

소리 듣지 못했어? 지금 분명 살려달라고…… 아니다. 그럴 리가 없지. 아내는 집에 있을 텐데. 앗, 지금 몇 시지? 일찍 들어가기로 약속했는데."

S는 아무것도 없는 손목을 힐끔 쳐다보더니 서둘러 몸을 일으켰다.

"미안해. 늦어서 먼저 갈게. 뒷정리는……."

"걱정 마. 나 혼자 하면 되니까."

S는 안심한 듯한 표정을 짓더니 뒤뚱뒤뚱 현관 쪽으로 걸어갔다. 이내 S의 뚱뚱한 몸은 비가 내리는 밤 풍경 속으로 사라졌다.

현관문이 닫히고 잠금장치가 소리를 냈다. 다음 순간, 혼자 남은 거실에 난도질 당한 듯한 고요함이 내려앉았다. 반질반질한 흰 살 생선의 살점들이 일제히 고개를 들어 나를 올려다봤다. 먹은 음식들이 꾸르륵 소리를 내며 위장 속을 흘러갔다.

4

그날 이후 S가 찾아오는 일은 없었다. 그 이유는 얼마 전에 알았다.

— S가 자살을 했대.

창고 보수작업을 하고 있을 때 대학 동창에게서 연락이 왔다.

최초 목격자는 집주인이었다고 한다. 밀린 월세를 독촉할 생각으로 방문했다가 방에서 목을 맨 S를 발견했다. 현관문은 처음부터 잠겨 있지 않았다. 현관과 거실은 온통 쓰레기투성이였고 냉장고에는 썩은 생선만이 가득 들어 있었다. 유서는 발견되지 않았다고 한다.

S의 장례식은 조촐했다. 이렇다 할 가족도, 친척도 없던 S는 대학 졸업 사진을 영정사진으로 썼다. 네모난 액자 안에서 S는 재미난 생각이라도 떠올린 표정으로 썰렁한 식장을 바라보고 있었다.

영정사진을 가만히 들여다보고 있자니 어떠한 기억을 떠올랐다.

— 아내가 하는 걸 옆에서 보고 따라 해봤어.

호화롭게 꾸며놓은 회 접시를 지적하자 S는 그렇게 말했었다. 그때 S가 짓던 표정은 영정사진 속 표정과 같았다. 그날 S는 더할 나위 없이 행복해 보였다.

S도 은미를 사랑하고 있던 것은 아닐까. 문득 그런 생각이 들었다. 은미가 사라졌을 때, S는 누구보다 열심히 아내의 행적을 뒤쫓았던 게 아닐까. 아내를 잃은 슬픔을 주체하지 못해서 S는 그런 말도 안 되는 이야기를 만

들어낸 게 아닐까.

나는 잡념을 떨쳐내듯 머리를 흔들었다. 이제 와서 알 길은 없다. 죽은 자는 말이 없기 때문에. 그러고 보니 그 생선 이름을 묻지 못했다. S가 집으로 돌아간 뒤 나는 며칠 동안이나 음식 맛을 그리워했다. 이제 그 요리는 두 번 다시 맛보지 못하리라. 그 사실이 무척이나 아쉬웠다.

"나 왔어."

장례절차를 모두 마치고 집으로 돌아오자 어찌할 도리가 없는 수마가 몰려왔다. 장례가 치러지는 3일 동안 앉은 채로 쪽잠을 잔 게 전부였다. 그러나 나는 그런 내색을 깨끗이 지운 채 짐짓 밝은 목소리를 냈다. 여자 친구에게 걱정을 끼치고 싶지 않았다.

"지하에 있어?"

나는 부엌 옆으로 나 있는 문을 열고 지하창고로 내려갔다.

불빛이 약한 전구가 내려가는 계단 위로 줄줄이 달려 있다. 발밑만 겨우 비치는 정도이기 때문에 나는 벽을 더듬으며 조심조심 발을 움직였다.

"많이 기다렸지?"

아버지가 사용하던 목공기계 저 너머로 여자 친구가

서 있었다. 두 손을 붙여 머리 위로 올리고, 매끈한 팔뚝 살에 뺨을 묻은 자세로 나를 유혹한다. 어둑한 창고 내부에서 그녀의 새하얀 허벅지만이 두둥실 떠 있는 것처럼 보였다.

"뭐 하냐니깐."

여자 친구 앞에 선 나는 깜짝 놀라 목을 뒤로 젖혔다. 여자 친구의 뺨으로 물줄기가 흘러내리고 있었다.

"왜 울어?"

말을 하자마자 바보 같은 질문이었다는 걸 깨달았다. 3일이나 떨어져 있었다. 슬퍼하는 게 당연했다.

"미안해. 정말 미안해. 많이 외로웠지……."

나는 여자 친구의 얼굴을 두 손으로 감싸 쥐고 이마를 맞댔다. 여자 친구의 몸이 부르르 떨렸다.

"이제 무서워할 것 없어. 내가 쭉 옆에 있어줄 테니까."

여자 친구가 즐겁다는 듯이 몸을 흔들었다. 뭐라고 말한 것 같은데 웅얼거리는 소리밖에 들리지 않았다. 그제야 나는 여자 친구의 입에 청테이프를 붙여놓았다는 사실을 깨달았다. 가끔 여자 친구는 나를 골탕 먹이는 재미에 소리를 지른다. 나 혼자 있을 때야 즐겁지만 집에 손님이 있는 경우엔 곤란했다. 전에 S가 왔을 때도 여자 친구가 소리를 지르는 바람에 난처했던 적이 있었

박상호

다. 뭣하면 S를 죽여버릴 생각이었지만 다행히 정신 나간 S는 눈치채지 못한 듯했다.

창고 방음공사도 끝났겠다, 나는 테이프를 떼어주기로 했다. 뺨에 자국이 남으면 안 되므로 조심스럽게, 시간을 들여서 조금씩 떼어냈다. 여자 친구의 뜨거운 숨이 내 얼굴로 와락 덤벼들었다.

여자 친구는 내 배려에 감동했는지 흐르는 눈물을 주체하지 못하고 계속 흐느꼈다. 그 모습이 나는 더없이 사랑스러웠다.

"울지 마. 다 끝났으니까. 이제 자길 괴롭힐 놈은 없어."

"제발…… 이러지 마."

붉어진 눈으로 여자 친구는 나를 올려다보았다. 그 모습을 보자 나도 왠지 코끝이 따가워졌다. 슬퍼할 때가 아닌데. 기뻐해야 마땅한데. 그래도 콧물을 흘리는 건 좀 그렇지 않나? 아무리 사랑해도 더러운 건 질색이다.

"제발 부탁이야. 응? 아무한테도 말하지 않을게. 여기서 있었던 일, 절대 말하지 않을게. 이제 그만 풀어줘. 제발……."

나는 여자 친구의 이마에 입을 맞추고 다시 뺨에 테이프를 붙였다.

"그 녀석 말이야, 정말 제정신이 아니더라. 먹은 음식의 목소리가 들린다고 하질 않나, 인어가 됐다고 하질 않나. 자기도 참 대단해. 어떻게 그런 놈이랑 결혼까지 하게 된 거야? 앗, 물론 그건 S 녀석이 협박해서 그런 거지만."

내 말에 여자 친구가 즐겁다는 듯 쿡쿡 웃었다.

"하긴, 정신 나간 구석이 있어서 다행이었지. 그렇지 않았다면 자기가 나한테 도움을 요청하지도 않았을 테니까."

1층으로 올라가는 창고 문 앞에서 나는 다시 한번 여자 친구를 돌아봤다. 어둠 속 저편에서 여자 친구가 나를 가만히 응시하고 있었다.

"사랑해, 은미야."

이제 우리는 행복할 날만 남았다.

그런 생각을 하며 나는 창고 문을 닫았다.

「흰 살 생선」은 제가 소설가가 되겠다고 다짐하면서 쓴 첫 번째 작품입니다. 벌써 2년 전에 써둔 작품인데, 출품할 곳이 마땅찮아 고이 모셔두고만 있었습니다. 좋은 기회에 소개할 수 있어서 영광입니다.

3년이라는 시간을 두고, 읽고 쓰는 일만 해오고 있습니다. 어째서 소설가가 되려고 하냐 물으면 마땅히 대답해줄 말도 떠오르지 않으면서 말이지요. 평생 글을 배워본 적도 없고, 책 읽는 걸 좋아하는 성격도 아니었습니다. 그런데도 네 꿈이 뭐냐, 물으면 저는 조금도 망설이지 않고 '글 쓰는 사람'이라고 대답했습니다. 아주 어렸을 때부터요.

이따금 수상 소감을 보다 보면, 글 쓰는 일이 긴 터널을 걷는 것처럼 느껴진다는 말을 종종 보게 됩니다. 한 치 앞도 보이지 않는 캄캄한 어둠 속을 나 홀로 묵묵히 걸어가는 것이지요. 글을 쓰고 있는 지금, 저도 비슷한 심정에 있습니다. 다른 점이 있다면 제가 있는 곳은 터널이 아니라 바닥도 보이지 않는 저 깊은 심해에 있습니다. 맹렬하게 허우적거려보지만 앞으로 가는 건지, 뒤로 가는 건지조차도 알 수 없습니다. 눈앞에 보이는 건 무한한 거리를 가진, 이때까지 본 적도 없는 완

255

전한 어둠뿐입니다. 그래도 씁니다. 나는 어쩌다가 소설가를 꿈꾸게 되었을까, 자조 섞인 후회를 하면서도 말이지요.

'작가의 말'을 관심 있게 보는 사람은—내 생각이지만—작가 지망생이 많지 않을까 싶습니다. 저 사람은 어떻게 글을 썼을까. 어떻게 수상하게 되었을까. 하루에 몇 시간 글을 쓰고, 어떤 책에서 영감을 받았을까. 그도 그럴 것이, '작가'라는 직업만큼 대중에게 알려지지 않은 일은 많지 않으니까요.

저도 방법을 모르고 쓰고 있습니다. 무작정 많이 읽고, 많이 쓰려고 노력 중입니다. 나중에 유명해지면 이 방법이 맞을 테고, 그게 아니면 실패한 방법이 될 테지요. 그때까지 일단 쓰는 수밖에 없습니다.

분명 터널은 길고 어둡지만 혼자서 걷고 있는 것만은 아닙니다. 그 뒤에, 저처럼 따라 걷는 사람들이 틀림없이 존재합니다. 좌절하지 말고 끝까지 쓰십시오. 저도 열심히 허우적거려 보겠습니다.

1년도 채 남지 않은 기간 동안 마음만 급했는데,『이달의 장르소설』에 선정되어 감사하게 생각합니다. 더 열심히 쓰도록 하겠습니다.